KAMPEN MOD UFO-BENÆGTERNE

- når tanker er farlige

Jakob Munck

KAMPEN MOD UFO-BENÆGTERNE

- når tanker er farlige

2015

"Historien er den version af sandheden, som mennesker er blevet enige om at tro på."

Napoleon Bonaparte

© 2015 Jakob Munck - www.jamu.dk
Version: 150221
Forlag: Books on Demand GmbH, København, Danmark
Tryk: Books on Demand GmbH, Norderstedt, Tyskland
ISBN: 9788771701029

Indhold

1. ORIENTERING

Ingen vidste rigtig, hvor Overfolket kom fra. Der var skrevet utallige bøger om deres oprindelse, som gik tusinder af år tilbage. Men forfatterne var uenige. Nogle mente, at de kom fra Rusland, andre at de kom fra Egypten og andre igen fra et lille land i Mellemøsten, hvor de engang havde haft en storslået civilisation. I de hellige skrifter var der mange tekster, som sagde forskellige ting. Der var nogle skildringer, som var mytologiske og andre, som foregav at beskrive et virkelig historisk forløb, og da det hele strakte sig så langt tilbage, og da enhver forskning i disse forhold kunne buges og misbruges i politisk sammenhæng, var der mange, som valgte at være forsigtige. Det ting man i hvert fald ikke skulle gøre, var at fremkomme med kritik af Overfolket. Det var den sikre måde at risikere alt hvad man havde. Liv, ejendom, ære, familie og karrieremæssige fremtidsudsigter.

Det som stod fast, hvis man læste Overholdets egen historieskrivning, var at medlemmerne af dette folk altid havde været forfulgte. Ingen vidste rigtig, hvorfor de blev forfulgt, men forfulgt var de altid blevet. Nogle mente, at det var på grund af en genetisk fejl i alle andre folkeslags arvelige anlæg, andre mente, at det var på grund af misundelse. Det stod i hvert fald klart, at medlemmerne af Overfolket aldrig havde gjort noget ondt, at de altid havde været fredelige, aldrig bedrevet kriminalitet og i det hele var altid var fredelige og venlige individer, som ikke ønskede andre noget ondt. Og alligevel var de altid blevet forfulgt.

Denne forfølgelse var så gammel, at man kunne læse om den i de ældste religiøse skrifter, også fra andre religioner end Overfolkets egen. Og det at kalde Overfolket for en religion, var også problematisk, for de fleste medlemmer af dette folk, erklærede sig ganske uden interesse i religion. De vidste bare, at de var medlemmer af et folk, som altid var blevet forfulgt, og derfor var deres identitet simpelthen denne, at være de forfulgte.

Denne forfølgelse var først rigtig holdt op i nyere tid, hvor rige medlemmer af Overfolket havde opkøbt de mest indflydelsesrige dele af pressen og filmindustrien i Frihedsriget, det land som styrede det meste af planeten og som derved bestemte, hvad mennesker måtte se og høre, og dermed også hvad de måtte tænke. Og man måtte tænke mange ting, for der var fuld ytringsfrihed i de fleste lande, inklusive naturligvis i Frihedsriget og de tættest allierede nationer i Kærlighedsalliancen. Man kunne læse og sige alting, også selv om det ville virke stødende på andre, for det var netop det, som var formålet med det man kaldte ytringsfrihed. Denne frihed var en ukrænkelig ret, som var nedlagt i flere af Verdensalliancens grundlæggende erklæringer. Og det var netop derfor, at man i flere af Kærlighedsalliancens lande brugte så mange kræfter på at forfølge og fængsle ufobenægterne, fordi disse mennesker ikke ville respektere andre menneskers meninger, især ikke Overfolkets. Man gav åbenlyst udtryk for uenighed, ikke med alting hvad Overfolket stod for, men ved den helt grundlæggende historie om Overfolkets forfølgelse i nyere tid, nemlig historien om Armageddon.

Armageddon

Den værste hændelse i Overfolkets historie var nok det store ufoangreb, hvor mange millioner af Overfolkets medlemmer var blevet dræbt eller bortført af ufoer. Det var sket for ikke særlig lang tid siden, og det var en begivenhed, som var af så stor betydning, at hele planetens historie havde måttet skrives om som resultat af dette. Alle moralske og umoralske handlinger blev nu sat i relation til Armageddon, og der var almindelig udbredt enighed om, at intet i verden nogensinde havde været mere ondt og afskyeligt end denne begivenhed.

Armageddon havde, som alle andre forfølgelser af Overfolket, ingen rationel årsag. Det kunne være, at de mennesker, som styrede ufoerne, var misundelige eller at de var genetisk forkert sammensatte. Eller måske var de bare onde, og ville gerne se andre lide, for på den måde lettere at kunne leve med deres egne mindreværdskomplekser. Ingen vidste det, selv om der var skrevet mange bøger og lavet mange forskningsprojekter om dette emne. En populær teori mente, at ufoernes ejere var skabningen af en særlig autoritær karaktertype, og at denne autoritære indstilling var skabt gennem deres første leveår, hvor de ikke havde fået lov til at udfolde deres seksuelle drifter på en naturlig måde. Det var især den kendte psykolog Freudian Sigmund, som havde lanceret denne teori, men den var der heller ikke enighed om. Det eneste man vidste, var at et stort antal Overmennesker var forsvundet, og at dette var sket efter ufoernes angreb, som var fundet sted - mente man - på en øde bjergskrænt i Dænonistan engang for ikke så længe siden. Hvordan disse kidnapninger helt præcis, havde fundet sted, vidste man ikke. De forskellige påståede øjenvidner havde forskellige forklaringer, som ikke stemte overens med hinanden, og en åben diskussion om hele emnet var desværre ikke mulig, da man mente, at en sådan diskussion alene ville være til fordel for de ekstreme kræfter, som f.eks. ufobenægterne.

Hvordan det var lykkedes for ufoernes ejere (kaldet ufofolket) at få transporteret over tredive millioner medlemmer af Overfolket hen til denne skråning, det var også et mysterium. Men da man nu vidste, at hændelsen havde fundet sted, så var der jo ingen grund til at være i tvivl om det, altså bortset fra, at man altid kunne diskutere den præcise metode, som ufonauterne havde benyttet. At de havde myrdet eller bortført det nævnte antal medlemmer af Overfolket, var der imidlertid ingen tvivl om. Og hvis nogle ytrede en sådan tvivl, så måtte de påregne arbejdsløshed, fængsel og social udelukkelse.

Rent statistisk havde videnskaben regnet sig frem til følgende tal, som kunne belyse hvordan man havde fundet frem til antallet af døde.

Døde ved selve angrebet: 15 millioner

Kidnappede: 16 millioner

Døde som følge af skader ved angrebet: 28 millioner

Forsvundet og med ukendt skæbne: 7 millioner

I alt: 66 millioner

Der var dog ingen som hævdede, at dette tal var det helt præcis.
Der kunne let være tale om flere eller færre end her nævnt, så tallet
skulle tages som en slags vejledning. Det afgørende var, at ingen
folk til nogen tid havde lidt en værre skæbne end Overfolket, da det
blev angrebet af ufoerne.

Der var desværre kun meget få vidner, som havde kunnet berette
om dette overfald, hvilket havde den simple årsag, at alle som hav-
de set hvad der var sket, enten selv var blevet kidnappet eller var
blevet dræbt ved angrebet. Der var muligvis et mindre antal menne-
sker, som havde set angrebet uden selv at være blandt de kidnappe-
de eller dræbt, men der var meget som tydede på, at disse menne-
sker havde fået så alvorlige psykiske skader af at overvære det, de
havde set, at de havde måttet fortrænge det og derfor ikke længere
kunne huske noget.

Heldigvis var der dog også nogle få stadig levende vidner, f.eks.
Vasham Yoha, som havde været en lille dreng, da angrebet skete,
men som stadig huskede detaljerne fra da hans far blev kidnappet.
Dette udsagn lød således, da Vasham blev interviewet til et tv-
program:

"Hvordan så ufofolket ud?" havde intervieweren spurgt.

*"De var onde at se på, og de havde lange ører, som hang ned over
skuldrene. De kiggede efter mig, men jeg skjulte mig bag en busk,
som min far havde sagt, at jeg skulle gøre."*

"Men var du ikke bange for at de skulle få øje på dig?"

*"Jo, jeg rystede, men min far havde givet mig besked på ikke at sige
noget, for at de ikke skulle opdage mig. Derfor lå jeg helt stille og
så, hvad der skete."*

"Hvor mange Overmennesker så du at de kidnappede?"

"Jeg kunne se, at de førte lange rækker af Overmennesker ind i deres ufoer. Det drejede sig om tusinder, og der var mange kvinder og børn med."

"Men hvordan var alle disse mennesker kommet op på bjerget, hvor angrebet fandt sted?"

"Jeg tror de kørte i tog, eller at de på en eller anden måde var blevet bragt i en hypnotisk tilstand, hvor de ikke vidste, hvad der skulle ske. Måske troede de, at ufoerne ville hjælpe dem på en eller anden måde, men i stedet blev de slået ihjel eller bortført. Det var helt forfærdeligt."

"Hvordan kunne over tredive millioner mennesker blive ført ind i nogle ufoer? Hvor mange ufoer var der?"

"Der var i hundredvis af ufoer. Jeg så kun nogle af dem, og de kunne hver for sig indeholde mindst tre hundrede tusinde mennesker. De var meget store, så det var bestemt ikke umuligt, at de kunne kidnappe så mange mennesker. Og dem som ikke blev kidnappet, de blev dræbt på stedet."

"Hvordan dræbte de dem?"

"De havde en slags lasergeværer, som de rettede imod dem, og når de skød, blev man simpelthen opløst og forsvandt ud i luften. Jeg så det flere gange, og i begyndelsen troede jeg ikke, at det var muligt, men det var det åbenbart. Jeg ved ikke, hvordan sådanne pistoler virker, men det er jo en højt udviklet civilisation, som har teknologi, som vi slet ikke kender til. Det var forfærdeligt at se på, og jeg husker det hele tydeligt stadigvæk."

"Hvordan reagerede dem, som blev kidnappet eller slået ihjel?"

"Jeg så en mor, som forsøgte at skjule sit barn under kjolen, men ufonauterne fandt hende og så barnet. De beordrede hende til at give slip på barnet, og jeg så, at de førte barnet bort til et af de store rumskibe i nærheden. Moderen skreg og tryglede dem om at lade hendes barn slippe, men ufonauterne var totalt kolde, og ignorerede hende fuldstændig. Et par minutter senere blev hun skudt af en af deres kaptajner med en grøn laserpistol, som han havde i hånden. Det var grusomt at overvære."

"Hvor lang tid varede hele angrebet?"

"Det tog et par dage i første omgang, men ufoerne kom igen flere gange. Jeg overværede kun den ene gang, og undslap ved et held selv at blive dræbt. Men de kom igen og igen, og det er årsagen til, at de kunne udrydde næsten en helt befolkning."

"Men hvor mange mennesker er der i det hele taget i Overfolket?"

"Jeg ved det ikke, men du må spørge videnskabsmændene. Jeg har læst, at der var 58 millioner før angrebet, og at der nu kun er 54 millioner."

"Men så er der da ikke forsvundet over 30 millioner, hvis dine tal er rigtige."

"Lad være med at spørge mig om detaljer. Jeg er ikke videnskabsmand, og kan ikke diskutere den slags tal. Jeg er kun en almindelig bonde, som fortæller hvad jeg har set. Jeg kender ikke de statistiske detaljer, så dem må du spørge andre om."

Og her sluttede interviewet.

*** En anden overlevende voksen fortæller**

Salen var fuld, og publikum havde deres pæne tøj på. Det var tydeligt, at der var tale om et vigtigt og højtideligt møde. Taleren var kendt over det meste af verden som en af de få, der havde overlevet mødet med ufoerne. Alle vidste, hvor mange der var blevet kidnappet og dræbt, men kun få kunne fortælle om de faktiske hændelser, som var sket i Armageddon. Spændingen var derfor stor, og publikum var indstillet på, at aftenens emne var alvorligt. Det handlede om millioner af mennesker, som var blevet kidnappet og dræbt, og der var al mulig grund til at vise respekt for aftenens taler, som var en af de få overlevende.

"Jeg havde siddet i en stol og kigget ud over vandet i et par minutter" indledte vidnet sin beretning om den dag, da hele hans familie var blevet kidnappet. "Min mor var i køkkenet, og min kone og børn var på første sal i huset, hvor de så tv. Der så jeg ufoerne første gang."

"De virkede i starten som uvirkelige, da de dukkede op i horisonten, og jeg troede i begyndelsen, at det var en slags synsbedrag. Jeg havde godt nok hørt om ufoer flere gange inden da, men jeg troede bestemt ikke, at de fandtes i virkeligheden. Derfor kiggede jeg da også godt efter, da de små runde tallerkener kom flyvende hen imod det sted, hvor vi boede. Jeg fik straks den tanke, at det kunne være ufoer, men jeg mente alligevel, at det nok måtte være noget andet. Jeg turde ikke tro på, at ondskaben skulle ramme os, heller ikke selv om jeg havde hørt så mange gange, at ufoerne kunne slå ned, hvor som helst.

Da de havde landet deres flyvende tallerkener, kom der 5-10 mænd ud af hver af dem, og de havde våben med sig. De løb op mod vores hus og ind, og selv om jeg forsøgte at stoppe dem, så nyttede det ikke. De var for mange og de var bevæbnede. Jeg hørte min gamle mor skrige og jeg så, da de slæbte hende ud som en af de første. Derefter kom min kone og vores tre børn. De vinkede farvel til mig, synes jeg, men jeg er ikke helt sikker. De har bestemt vidst, hvad der ventede dem, for vi havde mange gange snakket om den fare, som ufoerne udgjorde. Men vi havde naturligvis aldrig regnet med, at det skulle ramme os selv."

Der var en del af publikum i salen, som havde tårer i øjnene, og man kunne se, at medlidenheden med taleren var stor.

"Hvorfor tog de mon ikke dig?" spurgte en af deltagerne, da spørge-tiden begyndte.

"Jeg ved det ikke. Men måske lagde de ikke mærke til mig, eller de havde ikke mere plads i deres rumskib. Jeg ved det ikke."

"Du sagde før, at det var flyvende tallerkener, og nu siger du, at det var et rumskib. Er der ikke en forskel? Hvordan så de ud?"

"Det var en slags flyvende rumskibe. De lignede flade tallerkener, men det var svært at se, for det foregik alt sammen så hurtigt."

"Men hvordan så de mennesker, som kom og kidnappede din fami-lie så ud?"

"De havde grønne uniformer og lasergeværer med. De var cirka 1,5 meter høje, men nogle var lidt højere end andre. De så ikke venlige ud, og de sagde ikke særlig meget. Det meste af hvad de sagde, var næsten uforståeligt."

"Hvilket sprog snakkede de?"

"Jeg ved ikke, hvilket sprog de snakkede."

"Men hvordan kunne du så forstå dem, hvis du ikke ved hvilket sprog de snakkede? Kan du forstå andre sprog end engelsk?"

"Nej, jeg forstår kun engelsk, så det må have været en slags engelsk de snakkede, men du må tro mig når jeg siger, at jeg ikke kunne forstå dem alligevel. Heller ikke selv om de snakkede en form for engelsk."

Her forlod jeg - denne novelles forfatter - mødet, og jeg kan derfor ikke fortælle mere.

* Radiointerview med en tredje overlevende

Følgende interview blev bragt som del af en række mindeudsendelser for Armageddons overlevende. Den, som bliver interviewet, er en 92-årig kvinde, som personligt blev kidnappet og blev fløjet væk i en ufo, men som senere undslap.

"Velkommen til denne udsendelse. Du skal fortælle om de forfærdelige begivenheder, som du har oplevet, og det må gøre ondt for dig at skulle erindre dette endnu en gang. Hvordan har du det med erindringen om Armageddon?"

"Jeg havde bestemt helst glemt det hele, men jeg føler, at det er min pligt, som en af de gamle, som endnu kan huske, hvad der skete, at være med til at oplyse den moderne ungdom. Det er ikke fordi, jeg selv ikke ønsker at glemme, det er fordi, jeg gerne vil være med til at forhindre, at det kan ske igen."

"Hvor mange år siden er det, du oplevede, det du vil fortælle om?"

"Det er mellem tres og halvfjerds år siden, det jeg fortæller om. Jeg husker ikke tidspunktet præcis, hvilket også har at gøre med, at jeg har oplevet det over flere omgange. Jeg har måske lidt svært ved at holde erindringerne ude fra hinanden. Men det jeg fortæller om, husker jeg tydeligt, som var det i går. Det har printet sig ind i min bevidsthed, så jeg aldrig kan glemme det."

"Du oplevede selv at blive bortført af ufoerne, er det ikke rigtigt?"

"Jo, det er rigtigt. Jeg var sammen med min mand og vores to børn, men af en eller anden årsag var disse mennesker - hvis man kan kalde dem sådan - mest interesseret i mig. Min mand blev ført til en anden ufo, og mine børn forsvandt simpelthen. Jeg tror, at de blev slået ihjel eller brugt til en slags medicinske forsøg, som jeg ved, at

man udførte på flere af børnene i nogle af de store ufoer. Det er uhyggeligt at tænke på, og jeg kan slet ikke rumme den smerte, som jeg føler i denne sammenhæng."

"Hvordan bortførte de dig, og hvad skete der?"

"Ufonauterne førte mig op i deres rumskib. Der var to om at holde mig, for jeg skreg og tiggede dem om at lade mine børn fri. Men de var totalt ligeglade. Jeg blev ført op i deres skib, og der levede jeg som fange i flere måneder, inden jeg slap ud. Jeg var nødt til at adlyde enhver ordre de gav mig, for ellers fik jeg tæsk, og de lovede mig, at hvis jeg gjorde hvad de bad mig om, så ville jeg komme til at se mine børn igen. Opførte jeg mig dårligt, ville de straffe dem, og det kunne jeg slet ikke bære at tænke på."

"Hvad skulle De så gøre for ufonauterne i de måneder du var deres fange?"

"Jeg ønsker ikke at gå i detaljer, for det er stadig smerteligt at tænke på. Men jeg skulle arbejde fra tidlig morgen til sen aften. Jeg fik næsten ikke noget at spise, og både jeg og de mange andre, som de havde kidnappet, blev behandlet med slag og skældsord for den mindste forseelse. Jeg så en af mine medfanger blive tæsket, fordi hun havde spist en kartoffel, som hun havde fundet på gulvet. Sådanne ting måtte man ikke gøre, for det kunne få ufonauterne til at gå amok. Man kunne blive tæsket til døde eller straffet med henrettelse på stedet. Det så jeg flere gange. De skød simpelthen den person, som de ikke kunne lide, med en laserpistol, og det var ganske uanset, hvad der var sket. Det var forfærdeligt at se på, men jeg husker det tydeligt."

"Hvor mange mennesker var kidnappet?"

"Jeg ved ikke, hvor mange som var kidnappet, for jeg kendte kun dem, som levede i det rumskib, hvor jeg selv var fanget. Der var vi cirka 4.000 mennesker, men jeg er sikker på at der var mange flere i de andre rumskibe."

"Hvordan slap du ud?"

"Det skete en eftermiddag, hvor rumskibet var landet på en øde mark. Jeg tror, at de var i gang med at lave nogle af disse korn-cirkler, som man senere har set så mange af. Dem eksperimentere-de de allerede med den gang, og det var der, at jeg så min mulig-hed for at stikke af. Jeg kravlede ud af et vindue og gemte mig un-der en papkasse, som lå ved siden af der, hvor skibet var landet. De så mig ikke, og da de lettede igen, blev jeg simpelthen liggende un-der kassen. De forsvandt, og har formentlig slet ikke bemærket, at jeg var væk. Men jeg ved også, at hvis nogle forsøgte at stikke af, så straffede de andre fanger, så jeg tør ikke tænke på, hvad der er sket med mine venner, da rumfolket opdagede, at jeg ikke var blandt fangerne mere. Jeg har aldrig set mine medfanger mere, så jeg går ud fra, at de alle blev slået ihjel. Men jeg nåede altså at stikke af, inden det gik helt galt. Jeg takker Gud for hans forsyn og for det, at han reddede mig. Men jeg har også dårlig samvittighed overfor mine medfanger, som gik så grusom en skæbne i møde, Hvorfor det netop blev mig, som slap fri, det ved jeg ikke. Det var vel skæbnen, som man siger."

"Mange tak for det du har fortalt til os. Det er næsten umuligt for os at forstå det du har gennemlevet. Tak endnu en gang."

"Selv tak."

Og her sluttede dette interview.

* Kærlighedsalliancen

Kærlighedsalliancen var en sammenslutning af frihedselskende lande, hvor Kærlighedsreligionen var dominerende. Det var nogle af verdens rigeste lande, og det var lande, hvor mennesker havde frihed og rettigheder, som ikke fandtes mange andre steder i ver-den. I Kærlighedsalliancens lande havde man heldigvis også over-skud til at hjælpe de mennesker, som ikke var så heldige at bo i et

af alliancens medlemslande. Dette gjorde man på flere måder.
Jævnligt blev der afholdt indsamlinger, hvor man samlede penge,
som blev sendt ned til de fattige og nødlidende, og der hvor disse
stakkels mennesker var under ledelse af mennesker med diktatori-
ske tilbøjeligheder, eller mennesker som bekendte sig til andre reli-
gioner, som ikke kunne forenes med Kærlighedsreligionen, var man
ikke bange for at intervenere med militær. Man besatte simpelthen
disse lande, bombede deres regering og militær og indsatte en ny
regering, som var bedre i overensstemmelse med de idealer, som
Kærlighedsalliancen stod for.

Et hjælpeprogram af denne type var der nogle som kaldte for krig
eller for besættelse, men den slags ord brød man sig ikke om i Kær-
lighedsalliancen. Her kaldte man det "konsekvent hjælp", og der
var i almindelighed enighed om, blandt de demokratisk valgte poli-
tikere i Kærlighedsalliancen, at det ofte skulle være ondt, før det
kunne blive godt igen. De nationer, som blev bombet og besat af
Kærlighedsalliancens tropper, var i virkeligheden heldige, for de fik
fjernet den undertrykkelse, som de hidtil havde været udsat for, og
fik dermed mulighed for at skabe et bedre samfund, som i højere
grad var i overensstemmelse med de idealer, som Kærlighedsalli-
ancen stod for.

En befrielse - en hjælpeaktion - efter denne model, foregik typisk
ved at man gennem længere tid hæftede sig ved en bestemt person i
det land, som man ville befri. Det skulle helst være lederen af dette
land, for hvis det var lederen, kunne man bruge denne persons
ufuldkommenheder som begrundelse for militær indgriben. I andre
tilfælde var en henvendelse til den siddende regeringschef i et af de
lande man ville hjælpe tilstrækkeligt, så ville han selv fjerne eller
likvidere den person eller institution, som man ikke brød sig om i
Kærlighedsalliancen.

Der var talløse eksempler på dårlige nationer, som var blevet befri-
et gennem sådanne militære aktioner. Det handlede om, at de fik en
eller to advarsler, og hvis ikke de havde rettet sig efter den henstil-
ling, som Kærlighedsalliancen havde givet dem, så blev de angre-

bet. Dette angreb forløb sædvanligvis som følger: Først et indledende bombeangreb, som satte det pågældende lands militær ud af kraft, og derefter en militær invasion, hvor tropper fra Kærlighedsalliancen indtog positioner i modtagernationens ideologiske og økonomiske kernecentre. Når der var gået et stykke tid, og den mest synlige modstand var nedkæmpet, gik man så i gang med at installere et nyt styre, som havde værdier, som var i overensstemmelse med Kærlighedsalliancen. Dette styre blev så senere demokratisk valgt af landets borgere i valg, som var så snedigt indrettet, at der ikke var andre partier at stemme på, end dem som Kærlighedsalliancen brød sig om. Det var "demokrati" fortalte man til borgerne i de besatte lande, og det måtte de så tro på.

Man måtte naturligvis forstå, at det ikke var gratis at gennemføre sådanne befrielsesaktioner, så det første man gjorde var altid at beslaglægge de naturressourcer, som det besatte land måtte råde over. På den måde var man sikker på at kunne få betaling for sin befrielsesindsats, og da mange af de lande, som havde andre politiske idealer end dem man troede på i Kærlighedsalliancen, havde store ressourcer, så var netop sådanne befrielsesinvasioner årsagen til, at størstedelen af verdens oliekilder, guldminer og andre naturressourcer, var ejet og kontrolleret af firmaer, som havde hovedsæde i Kærlighedsalliancens medlemslande. Det var simpelthen et bevis på hvor heldige de besatte nationer var, for på den måde undgik de, at deres egne diktatorer skulle misbruge deres ressourcer. Så var man sikre på, at de var under demokratisk kontrol.

Medlemmerne i Kærlighedsalliancen var enige om, at det i almindelighed var ønskværdigt, at alle stater passede deres egne anliggender og ikke blandede sig i andres. Men det kunne være svært at overholde, når der var stater, som åbenlyst brød med de politiske og moralske normer, som alliancen bekendte sig til. Det som var problemet, var naturligvis ikke alliancens egne medlemmer, for det var jo sådan, at man slet ikke kunne blive medlem af alliancen, hvis man ikke først havde gennemgået en politisk og moralsk undersøgelse, som viste, at man var ren. Og det var ikke alle nationer, som kunne leve op til dette. Flere nationer havde udtrykt ønske om at blive medlem af alliancen, uden at dette kunne lade sig gøre. Det gjaldt især de stater, hvor man dyrkede andre religioner end dem, som var godkendt i Kærlighedsalliancen. Her havde man nemlig andre idealer end dem, som Kærlighedsalliancen gik ind for. Når en tilhænger af Kærlighedsalliancen og en borger fra et af disse lande mødtes, kunne diskussionen lyde således:

"Hvordan kan I kalde det menneskeret, når de gamle bliver sendt på plejehjem i stedet for at få lov til at leve blandt deres familie, hvor mennesker respekterer dem og hvor de har en rolle at spille?"

"Vi er jo nødt til at sende de gamle på plejehjem, for der er ingen til at passe dem, og de skal vel ikke ligge og dø i deres lejligheder?"

"Hvad så med de ufødte børn, som I slår ihjel, hvis mødrene ikke vil føde dem?"

"Ja, vi er stolte over at have fri abort, så kvinderne kan få retten over deres egen krop."

"Men er det rimeligt, at kvinderne også får retten over et andet menneskes krop, altså det ufødte barn? Er det rimeligt, at man kan slå et andet menneske ihjel?"

"Abort er ikke mord, for barnet er jo ikke født endnu."

"Men er man ikke et menneske, bare fordi man ikke er født?"

"Det mener jeg ikke."

"Hvis man ikke er et menneske, medens man er foster, hvad er man så? Et dyr?"

"Nej, man er et foster, og man har ingen bevidsthed om sin egen identitet, så derfor er det ikke mord, at lave abort."

"Må man så også slå sovende mennesker ihjel? De har jo heller ikke bevidsthed om deres egen identitet?"

"Jeg gider ikke diskutere dette emne med dig, for der er vi bare uenige."

"Ja, det er vi. Jeg mener at Kærlighedsalliancens abortkultur er umoralsk og usympatisk. Den har ikke noget med menneskerettigheder at gøre."

"Ja, men det skal du da have lov til at mene."

Det var diskussioner som denne der viste, at disse primitive og diktatoriske landes værdisystem var fundamentalt forskelligt fra det, som gjaldt i Kærlighedsalliancen. Derfor var der også kun få ledende medlemmer af Kærlighedsalliancen som var i tvivl om, at det en gang imellem var nødvendigt at intervenere i disse lande. Det gjorde man - som nævnt - naturligvis ikke for at blande sig eller for at sætte deres suverænitet over styr, men tværtimod for at give dem mulighed for at skabe et demokratisk styre, lige som det man havde i Kærlighedsalliancens medlemslande. Det handlede om at give folket mulighed for at ytre sig, og for selv at kunne vælge deres regering. De, som ledede landene, skulle være valgt af borgerne, for kun derved kunne man sikre, at de fundamentalistiske og menneskerettigheds-fjendske love, som borgerne i de lande, hvor Allahs Efterfølgere regerede, ikke blev gennemført. Alle bombardementer i denne sammenhæng blev udført af rent humanistiske årsager. Borgerne i lande udenfor Kærlighedsalliancen var desværre ofte blevet indoktrinerede og kunne ikke forstå, at det var til deres egen fordel, at deres familie blev slået ihjel. For hvis fundamentalismen - den ekstreme ideologi, som disse mennesker troede på - skulle udryddes, så måtte mennesker dø. Og alle måtte naturligvis give et offer, forklarede soldaterne fra Kærlighedsalliancen de pårørende, når de havde dræbt deres familie i et af de besatte lande.

3. HVEM ER BENÆGTERNE?

Uanset hvor megen dokumentation og hvor mange øjenvidner, som Kærlighedsalliancens historikere kunne fremskaffe, var der en lille gruppe benægtere, som - mod alle facts - nægtede at tro på fakta. De hævdede at der slet ikke fandtes ufoer, at de såkaldte vidner var utroværdige og at Armageddon, det store ufoangreb, var en myte. Efter deres mening havde dette angreb aldrig fundet sted. Denne holdning virkede naturligvis meget generende på Overfolket og dets apologeter, som derved så hele den moralske legitimitet af deres nye stat og deres personlige identitet truet. Derfor iværksatte de naturligvis en skrap modkampagne, for at forhindre disse mennesker i at udbrede deres synspunkter.

For Overfolket var det helt indlysende, at ufobenægternes tro var tosset og deres argumenter hule. De som bekendte sig til denne tro - skrev man i aviserne - var formentlig højreekstremister eller på anden måde asociale. De fleste mennesker syntes derfor, at det var helt naturligt, at disse mennesker blev sat i fængsel, for de tilhørte jo ikke den ideologi, som man bekendte sig til i Kærlighedsalliancen.

Der var almindelig enighed om, at benægtere af denne art, var mennesker med ekstreme synspunkter, og at sådanne mennesker ikke kunne nyde de samme sociale rettigheder som andre. Visse lande mente, at man gjorde klogest i at ignorere dem, medens andre lande mente, at man måtte sætte dem i fængsel. Ufobenægtelse var faktisk gjort til en kriminel handling i de fleste af Kærlighedsalliancens lande, og i flere af disse lande havde man et antal benægtere siddende i fængsel for at have udtrykt eller publiceret holdninger, som indikerede tvivl på Armageddon og ufoerne.

I de få lande, hvor ufodebat stadig var tilladt, foregik en sådan diskussion dog alligevel ikke, for lovgivningen i de store stater var sådan indrettet, at man kunne blive straffet for benægtelse, også selv om den var sket i et andet land. Borgere i de små stater, som måtte tænke tanker af benægtende art, valgte derfor som regel, at holde det for sig selv. Ellers kunne de nemlig risikere at blive arresteret og fængslet, hvis de rejste til et af Kærlighedsalliancens andre medlemslande, hvor sådan tvivl var ulovlig.

Men debatten var dog ikke forstummet alligevel. På internet foregik engang en debat mellem en benægter og en anti-benægter. Begge parter var anonyme og debatten blev stoppet efter 20 timer. I praksis var der kun meget få mennesker, som overhovedet kendte benægternes argumentation og holdninger, og hvis det ikke havde været for den løbende kampagne imod dem, ville de fleste mennesker slet ikke kende til deres eksistens. Derfor var der også nogle som hævdede, at Overfolket og lederne i Kærlighedsalliancen faktisk ønskede at fokusere på benægterne, også selv om de kun var en mikroskopisk minoritet, og at den særlige interesse for at bekæmpe denne minoritet i virkeligheden skyldtes andre motiver end søgen efter sandheden. Men hvad disse motiver kunne være, var der ingen, som kunne forklare. Nogle mente at der var et økonomisk motiv, medens andre mente, at det handlede om at fjerne fokus fra andre og mere alvorlige problemer i samfundet.

I det skolemateriale som blev uddelt til eleverne i Kærlighedsalliancens medlemslande, var der en grundig gennemgang af Armageddon og af ufologien i det hele taget. En del af dette materiale var en gennemgang af benægternes argumenter og en grundig redegørelse for, hvorfor de var forkerte. En tilhørende undervisningsfilm, viste en debat mellem et almindeligt menneske (AM) og en ufobenægter (UB), og samtalen lød således:

AM: "Lad mig sige med det samme, at jeg regner både dig og dine meningsfæller for rene idioter" sagde en mand f.eks. til en benægter.

UB: "Det må jeg jo nok lære at leve med" var svaret. "Men hvad er det, helt konkret, som du er uenig med mig og andre benægtere i?"

AM: "I hævder jo, at ufolandingerne aldrig har fundet sted, og at de omtalte kidnapninger af flere tusinde uskyldige mennesker, er indbildning. Har jeg ikke ret?"

UB: "Jo, det har du fuldstændig ret i, det mener vi."

AM: "Men så er I jo også idioter, for det ved enhver er sandt. I må jo være stupide, mener jeg, for beviserne er så klare, at det overhovedet ikke kan diskuteres."

UB: "Hvis det overhovedet ikke kan diskuteres, så behøver jeg vel ikke besvare dine spørgsmål i denne sammenhæng, for så er det hele jo afklaret for dig. Ikke også?"

AM: "Jo, det er det for de fleste mennesker, men det er jo en kendsgerning, at tosser som du og de andre ufobenægtere går frit rundt og har lejlighed til at udsprede jeres vildfarelser. Det mener jeg er farligt, for det er med til at svække vores opmærksomhed mod nye landinger og nye angreb. Det gør os svage i forhold til vores fjender."

UB: "Men er du helt sikker på, at ufonauterne - hvem de så end er - er vores fjender?"

AM: "Ja, det er da ganske oplagt. De har jo kidnappet mindst 66 milliioner mennesker fra jorden, og der er al mulig grund til at tro, at de vil gøre det igen, hvis de får mulighed for det. Vi slap ganske vist af med dem i første omgang, men de er jo ikke forsvundet af den årsag. De har bare trukket sig tilbage til de baser og planeter, hvor de nu kommer fra, og der er da ingen tvivl om, at de vil komme tilbage. Især hvis de mærker, at jordens mennesker ikke er på vagt, fordi de ikke tror, at truslen er reel."

UB: "Men hvad får dig til at tro, at de overhovedet har været her i første omgang?"

AM: "Det ved da enhver. Der er jo hundreder af vidneudsagn, og
der kan jo slet ikke være tvivl om den sag."

UB: "Der var også hundreder af vidneudsagn dengang man dømte
heksene i middelalderen."

AM: "Men det er jo noget helt andet. Dengang var man jo overtroi-
ske."

UB: "Hvorfor skulle man så ikke også være det i dag?"

AM: "Du kan ikke sammenligne. Hundreder af mennesker kan ikke
lyve, og hvorfor skulle de også forsøge at gøre det?"

UB: "Jo, tusinder af mennesker kan lyve, hvilket hekseretssagerne i
middelalderen viser. Her kunne tilsyneladende troværdige vidner
påstå, at de havde set den anklagede flyve på et kosteskaft, kopule-
re med Djævelen og udføre alle slags heksekunster, som man i dag
véd var løgn og bedrag. Det samme er tilfældet med de såkaldte
vidner til ufolandingerne og det store Armageddon. Dem som hæv-
der, at de har overværet en ufokidnapning, er helt utroværdige.
Derfor modsiger de hinanden. Den ene siger, at ufoerne var firkan-
tede, den anden, at de var runde. Den ene siger, at besætningen var
bevæbnede med en slags pistoler, og den anden siger, at de var
ubevæbnede. Den ene siger at de lignede mennesker, medens den
anden siger at de var gule og havde tre øjne i panden. Den ene si-
ger, at de brugte en form for nervegas til at bedøve deres ofre, den
anden siger, at de blev lammet med lazerpistoler. Der er mange
modstridende udsagn, og man har da heller ikke fundet nogle
uigendrivelige tekniske beviser på, at disse ufoer nogensinde skulle
have landet."

AM: "Det er helt forkert. Man har tydelige aftryk af deres landings-
stel i jorden, og det findes der fotografier af. Det passer ikke, hvad
du siger. Man har også fotografier af ufoerne, selv om de ikke alle
viser angrebsufoer, men flere af dem sandsynligvis er mere uskyl-
dige observationsufoer, som ikke i sig selv gør skade. Men det er til

gengæld dem, som levere information til angrebsufoerne, så de kan gennemføre deres planer."

UB: "Og hvor mange mennesker mener du så, at de har kidnappet?"

AM: "Der er jo lavet mange videnskabelige optællinger af dette, og der er vist almindelig enighed om, at der er kidnappet et sted mellem 25 og 35 millioner mennesker. Der er i hvert fald ingen, som har hørt fra disse mennesker, så vi må formode, at de er bortført eller slået ihjel."

UB: "Kunne man ikke tænke sig, at mennesker forsvandt af andre årsager, end netop det at de blev kidnappet?"

AM: "Nej, hvorfor skulle de dog det? Hvis mennesker pludselig forsvinder, må man da antage, at der er sket et eller andet dramatisk, og at de er blevet ført bort imod deres vilje. Folk forsvinder jo ikke sådan bare ud i den blå luft."

UB: "Så du mener, at inden ufoerne kom til verden, så forsvandt mennesker ikke?"

AM: "Jo, det gjorde de måske, men ikke på denne mystiske måde, som tydelig viser, at der er sket en forbrydelse. Og selv hvis der havde været tvivl om ufoernes faktisk medvirken til kidnapningerne, så er det under alle omstændigheder vores ansvar at sikre, at den slags ikke kan ske. Det må du vel være enig i?"

UB: "Jeg mener, at disse kidnapninger er ren fantasi, og at årsagen til, at de efterladte igen og igen hævder, at den ene og anden er blevet kidnappet, er fordi de har en god fantasi, fordi de ikke vil se sandheden i øjnene, at et menneske har søgt væk fra dem. Og så spiller den kendsgerning, at de får erstatning fra flere af de førende stater i Kærlighedsalliancen også en rolle. Den slags fantasi, som man får penge for at bilde sig ind, har en tendens til at optræde mere hyppigt end andet."

AM: "Jeg fatter ikke din holdning, som jeg finder helt knald i låget. Masser af mennesker har set disse ufoer, og masser af mennesker kan fortælle, at de har været kidnappet, men er sluppet væk på den ene eller anden måde. Tror du virkelig, at alle disse mennesker lyver?"

UB; "Ja, det tror jeg. I hvert fald bilder de sig noget ind, som ikke er virkeligt. Det er en slags kollektiv psykose, som vi også kender fra andre sammenhæng. Ufoerne eksisterer ikke, de har aldrig landet på jorden, og de har aldrig kidnappet et eneste menneske. Det er det jeg tror på."

AM: "Så vil jeg tillade mig at regne dig for idiot."

Diskussionen var slut og i det medfølgende undervisningsmateriale til filmen, blev eleverne gjort opmærksomme på hvor manipulerende ufobenægterne er og hvor fristende deres falske argumenter kan lyde. Netop det, var naturligvis årsagen til, at man måtte have særlige undervisningsprogrammer for at undgå benægterne i at få flere tilhængere, men om film som denne virkede eller ej, var der vist ikke helt enighed om.

* Benægternes psykologi

Der var gennem flere år gennemført en række mentalpsykologiske undersøgelser af tilfangetagne ufobenægtere, og selv om disse undersøgelser viste, at ufobenægterne var almindelige mennesker, så var der dog en tendens til at finde overhyppighed af skilsmissebørn blandt isse mennesker. Det var derfor en udbredt opfattelse i det psykiatriske miljø, at forudsætningen for at komme ind i dette miljø, var at man havde en vis form for karakterafvigelse, altså set i forhold til såkaldt almindelige mennesker. Der var ingen som hævdede, at disse mennesker var psykisk syge, idet alene det faktum, at de kunne gennemføre deres forbrydelser og kampagner gennem så lang tid som de gjorde, måtte være en indikation på, at de var både velorganiserede og fuldt ud i stand til at planlægge og gennemføre større sammenhængende operationer.

På den ene side kunne psykologerne konstatere, at ufobenægterne var almindelige mennesker, som måske i en del tilfælde havde haft en tragisk barndom, men som alligevel ikke adskilte sig væsentligt fra andre mennesker. Men på den anden side, så viste hele naturen af benægternes teori og adfærd, at de havde en mere autoritær karaktertype end det gjaldt for almindelige mennesker. Dels kunne dette skyldes en slags komplekser, som disse mennesker forsøgte at fortrænge ved at dyrke en meget upopulær teori, som man var sikker på ville vække afsky hos de fleste almindelige mennesker. Denne trang til at vække afsky, kunne naturligvis ses som en reaktion på det, at de var vokset op uden et naturligt forældrebillede. Fakta var jo, at mange af disse mennesker kom fra skilsmissefamilier, og at frekvensen af sociale afvigere - måske ikke markant, men dog alligevel i nogen grad - var højere blandt forældre til benægtere end blandt andre forældre.

Det havde i mange år været en del af psykologernes teori, at man ikke bliver benægter, bare fordi man mangler en fader i familien, eller fordi at ens mor har dårlige sociale betingelser, mangel på arbejde og social accept. Der skal også noget andet og mere til, for at disse traumatiske omstændigheder udvikler sig til benægtelse. En af de mest kendte psykologer - Moses Goldberg - som havde studeret ufobenægterne, var således fremkommet med teorien om det diskursive chok. Hans tanker var, at disse mennesker, som egentlig havde en sårbar personlighed, på et tidspunkt havde været så uheldige at møde andre mennesker med samme sociale forudsætninger, og at disse havde udsat den pågældende for et diskursivt chok. Med dette udtryk henviste han til det, at den pågældende person på et tidspunkt havde mødt en anden, som havde præsenteret ham for chokerende informationer, som i større eller mindre udstrækning var egnet til at fortrænge det verdenssyn og den virkelighedsopfattelse, som han havde haft i forvejen. Ændringen fra normalt menneske til benægter, var altså en proces, som i visse tilfælde kunne udvikle sig til en social tragedie, men som i andre udviklede sig til benægtelse. Her blev denne benægtelse naturligvis set som en reaktion, en slags forsvar, mod det traume, som de kontradiktoriske argumenter havde fremkaldt.

Der var dog også flere andre teorier, som blev diskuteret i videnskabelige kredse og på universiteterne. En teori, som i stadig højere grad vandt frem, var den at benægtelsen - eller anlæggene til at udvikle denne tilbøjelighed - var udtryk for en genetisk afvigelse, som skulle findes i kromosom-systemet. Der var faktisk igangsat mindst to forskningsprojekter, som skulle undersøge dette nærmere, og begge tog de deres udgangspunkt i genetiske analyser af tilfangetagne ufobenægtere, og dertil hørende psykiatrisk analyser af deres adfærd. Der forelå endnu ikke nogle resultater af disse undersøgelser, men de som arbejdede med dem, hævdede at de var optimistiske.

En vis kritik af det genetisk orienterede synspunkt var dog fremkommet fra flere af Overfolkets egne videnskabsmænd, som gjorde opmærksom på, at det ville være svært at opretholde de gældende straframmer for ufobenægtelse, hvis man fandt ud af, at denne tilbøjelighed var genetisk funderet. I så tilfælde ville det jo være at sammenligne med en sygdom, og det er ikke normalt at straffe sygdom.

* Benægternes antal og benægtelsens karakter

Der var lavet en del undersøgelser i Kærlighedsalliancens medlemslande, og det generelle billede var, at der var mellem 10 og 20 % af befolkningen, som i en eller anden udstrækning var påvirkede af ufobenægternes påstande. De fleste vidste ikke noget nærmere om disse menneskers livsholdning, og begrundelser for at mene som de gjorde, men de havde hørt om dem, og de havde personligt gjort sig tanker om, hvorvidt der kunne være en form for sandhed i det, som ufobenægterne mente. Dette afviste langt de fleste normale mennesker, men der var altså en minoritet, på op til en femtedel af befolkningen, som var usikre.

Når interessen for at finde et mere præcis tal for antallet af benæg-
tere var så stor, så hang det naturligvis sammen med den kendsger-
ning, at man vidste, at disse benægtere var potentielle fjender af det
samfund, som de levede i. Det var en almindelig antagelse, at man
ikke kunne være hudrede procent loyal i forhold til sit fædreland,
hvis man var tilhænger af benægterideologien, og det var i hvert
fald sikkert, at disse mennesker aldrig ville være at regne for gode
samfundsborgere, når nu de så radikalt forkastede hele den viden
og ideologi, som samfundet byggede på.

Men ud over det, at benægterne ikke var loyale samfundsborgere,
så var der også en anden potentiel trussel, som man ikke helt kunne
se bort fra. Der var lande i verden, andre alliancer, hvor man ikke
havde den samme viden om ufoerne, som man havde i Kærligheds-
alliancens medlemslande, og det var en kendt ting, at lande i disse
kulturkredse ved en given lejlighed kunne føle sig fristet til at an-
vende benægterne eller deres argumenter, i kampen mod Kærlig-
hedsalliancen. Og det ville være et stort problem. For krig handler
jo om ideologi og propaganda. Man får ikke mennesker til at ofre
deres liv, eller til at slå andre ihjel, hvis ikke der er en moralsk
grund til at gøre det, og det var en kendt sag, at hele benægterideo-
logien kunne ses som et moralsk angreb på frihedsideologien, som
lå til grund for hele det Hellige Fællesskab. Benægterne var altså
potentielle landsforrædere, og der var derfor ingen tvivl om, at de
forskellige efterretningstjenester havde en god grund til at holde øje
med dem. Dels ved at registrere deres aktiviteter, og dels ved at op-
retholde og opdatere en database med information om deres indivi-
duelle gøremål. Det var nyttigt at have et sådant register, da det ik-
ke ville være hensigtsmæssigt, at få et menneske med en sådan ide-
ologi ansat i visse offentlige eller private stillinger, hvor det var en
forudsætning, at man var loyal overfor den siddende politiske ledel-
se af landet, og overfor landets ideologi og selvforståelse i det hele
taget. Derfor var det godt, at firmaer og offentlige institutioner altid
kunne kontakte politiet og bede dem - fra efterretningstjenesten -
om at skaffe de relevante informationer om en given person. Hvis
han eller hun var registrerede som havende forbindelse til benægt-
termiljøet, så var der næppe nogen chance for, at han ville blive an-

sat i en sådan stilling, og det blev de pågældende firmaer og institutioner da også rådet direkte til at undgå, når de tog kontakt med efterretningstjenesten.

Det var en udbredt teori blandt de mennesker, som beskæftigede sig med kampen mod ufobenægterne, at det ville være svært at udrydde denne ideologi. Dels fordi, at man i vor tid ikke mere kan bekæmpe ideologier, som flyder over grænserne via de elektroniske medier og dels fordi, at der allerede eksistere en sådan mængde af litteratur af denne art, at det ville være svært - måske umuligt - at udrydde den. Det realistiske mål var derfor at holde antallet af benægtere nede, hvilket man bedst gjorde ved at brede oplysning om hele ufoområdet ind i skoleundervisningen og i de mest sete tv-kanaler. Derfor gik der da næppe heller en uge, uden at der var nye tv-udsendelser, som behandlede ufospørgsmålet fra nye vinkler. Hvem var ansvarlige for angrebet? Hvorfor var det netop gået ud over Overfolket? Hvad kunne man gøre for at beskytte disse mennesker mod fremtidige angreb? Hvordan undgik man at benægterideologien blev mere udbredt? Var der noget at gøre for at omvende de eksisterende benægtere?

Det sidste af disse spørgsmål var der mange som mente, at man spildte tiden ved at beskæftige sig med. "En gang benægter, altid benægter" lød det fra mange sider, men der var også folk, især psykologer og folk med tilknytning til militæret, som havde den opfattelse, at man godt kunne gøre noget. Psykologerne mente, at årsagen til benægternes tanker, skulle findes i deres sociale baggrund. Flere studier havde vist, at mange benægtere kom fra hjem med kun én forælder, og der var også påvist en forholdsvis tydelig sammenhæng mellem benægtelse og neurotisk-asocial adfærd. Det var næppe nogen tilfældighed, at en del af disse benægtere havde vist sig at have voldelige tendenser, og det var derfor heller ikke svært at forstå, at politiet som regel tog deres forholdsregler, når de skulle arresteres. Det var ikke en opgave for det almindelige politikorps, men for det særlige anti-terrorkorps, som havde den nødvendige uddannelse og det nødvendige udstyr, til at løse sådanne opgaver.

De militære iagttagere som mente, at benægtelse kunne helbredes, have også deres tanker om hvordan. Man havde i 50'erne lavet en del forsøg med hjernevask af mennesker, som man forsøgte at de-programmere for at få dem ud af den kommunistiske ideologi, som de bekendte sig til. Det var en udbredt opfattelse, at tilsvarende me-toder kunne anvendes i dag. Og der var også visse erfaringer med effekten af tortur, som - mærkværdigvis - viste sig at have en ideo-logiforandrende virkning på visse ufobenægtere. Dette var afprøvet i praksis, idet regeringen havde givet militæret tilladelse til at få overdraget nogle benægtere, som politiet havde arresteret, og disse mennesker havde man udsat for en række torturformer, alt sammen med det formål, at få dem til at se sig selv på en anden måde, og at gå bort fra deres benægterideologi. Og resultaterne af disse ekspe-rimenter havde faktisk været positive. Mere end halvdelen af fan-gerne havde faktisk skiftet standpunkt under torturen, og derefter bekendt deres fejltagelser begået i forbindelse med den tidligere benægtelse. Det var dog nogen tvivl om, hvorvidt denne sindelags-forandring ville holde sig, når fangerne blev løsladt igen, men ar-gumentet i denne forbindelse var naturligvis det, at man ikke kun skulle behandle dem én gang, men mange. Det indledende forhør og den dertil hørende tortur, var kun starten. Hvis disse mennesker efterfølgende faldt tilbage til deres tidligere synspunkter, skulle de naturligvis indbringes igen, og gives en ny behandling. Dette ville med sikkerhed føre til varige sindelagsændringer, mente de fleste militærfolk, som dog også gjorde opmærksom på, at dette krævede en udvidet ret til at udøve tortur mod de tilfangetagne benægtere. Dette var et følsomt punkt, for regeringens humanistiske grund-holdninger, havde indtil videre lagt visse grænser på torturens om-fang. Det var, med de nuværende regler, ikke tilladt at anvende me-toder, som kunne føre til død eller permanent lemlæstelse. Og det var det, som de militære specialister mente, at man måtte lave om. "Tortur med grænser virker ikke", mente mange af dem, og i denne sammenhæng henviste de til erfaringer fra et par af de lande, som Frihedsriget havde besat, hvor man havde ført en indædt kamp imod de lokale benægtere med en vis succes. Og her havde man be-stemt ikke været pålagt moralske begrænsninger, hvilket netop var det, som havde gjort de gode resultater mulige.

* Benægternes konspirationsteori

Som nævnt foregik der en del forskning i de biologiske og social-
psykologiske forudsætninger for, at mennesker udviklede sig til
ufobenægtere. Men dette var naturligvis ikke den eneste forskning
som foregik. Der var også en del historikere og andre videnskabs-
folk, som rent faktisk studere de argumenter, som benægterne
fremkom med, og som løbende producerede beviser for disse ar-
gumenters falskhed. Man kunne jo ikke udelukke, at der var men-
nesker - måske unge mennesker - som lyttede til benægterne, og
derfor ville man gerne have klare svar på rede hånd.

Benægternes mest almindelige dumme og let gennemskuelige ar-
gumenter imod Armageddon og udryddelsen var de følgende:

Benægter-påstand 1:

"Der findes slet ingen ufoer. Andre planeter med levende væsener
er så langt fra jorden, at det ville være umuligt for dem at flyve til
jorden på under tusind år, hvis de ikke flyver hurtigere end lyset.
Og det kan ikke lade sig gøre. Alt hvad der kaldes ufoer er derfor
bare tilfældige flyvende genstande, som folk forveksler med fly-
vende tallerkener".

Svar:

Det at påstå, at ufoer slet ikke eksisterer, er en paradoksal påstand.
Der er masser af mennesker, som har set dem, herunder politifolk,
militær og ansete videnskabsmænd. Ufoer eksisterer naturligvis, og
det at der er forsvundet så mange individer med rod i Overfolket,
viser at dette må være forklaringen på, hvordan Armageddon er
sket. Der findes næppe noget andet fænomen i nyere tid som er så
godt dokumenteret, som ufoer. At påstå, at disse ikke fandtes var
åbenlyst absurd, ikke mindst, da der findes fotoer og videooptagel-
ser af dem. Dem som påstår, at de ikke findes, og at de ikke har

kidnappet mange millioner Overmennesker, må derfor have en anden dagsorden end den, at udforske historien.

Benægter-påstand 2:

"De som hævdede, at have overværet ufoangrebene og kidnapningerne af Overfolket, er løgnagtige og hævder at have set noget, som de rent faktisk ikke har set. Hvis de selv tror det de siger, er det indbildning, men ofte ligger der økonomiske motiver bag deres falske vidneudsagn."

Svar:

Som allerede vist, er vidnerne til Armageddon nogle af de mest pålidelige mennesker man kan forestille sig, når der fraregnes nogle ganske få, som allerede er blevet afsløret for lang tid siden. Alle troværdige vidner er blevet mentalundersøgt, som del af det Sandhedsprogram, som har kørt i flere år. De, som ikke er troværdige, er sorteret fra, og resten er med sikkerhed pålidelige. At disse mennesker skulle sige som de gør af økonomiske årsager, er en fornærmelse, for hvordan skulle penge kunne kompensere for tab af familie og slægt? Tror benægterne virkelig, at medlemmer af Overfolket er så pengegriske, at de gerne lyver deres familie død, for at tjene penge?

Benægter-påstand 3:

"Der er ikke forsvundet 66 millioner mennesker fra jordens overflade, og slet ikke medlemmer af Overfolket. Rent faktisk har der på intet tidspunkt været mere end 27 millioner medlemmer af Overfolket, så hvordan skulle 66 millioner kunne forsvinde, når der efter det påståede Armageddon stadig var 26 millioner tilbage?"

Svar:

Som sædvanlig blander benægterne tingene sammen. Der er naturligvis ikke forsvundet 66 millioner på en gang, det er sket over en periode. Og i den periode er der naturligvis født flere mennesker, som må indregnes i denne statistik. Antallet passer faktisk ganske godt. Der var ca. 42 millioner medlemmer af Overfolket inden Armageddon og cirka 24 millioner bagefter. Det betyder, at 30 millioner er forsvundet. Dertil skal indregnes de mennesker, som er født i perioden, og de individer, som er indvandret i Zonen i den periode, hvor udryddelsen fandt sted. Alt i alt bliver det et tal mellem 50 og 80 millioner, og de fleste forskere på dette område antager, at det drejer sig om cirka 66 millioner. Tallet kan dog meget vel være højere.

Benægter-påstand 4:

"Læren om ufoangreb har til formål at berige medlemmerne af Overfolket, fordi de gennem denne mytologi kan få tilkendt skadeserstatning og kan opnå status, som værende uskyldige ofre. Derved opnår de retten til at få fordele for sig selv i anden sammenhæng, så som det at kunne undgå at blive fængslet for kriminalitet."

Svar:

Det er svært at tage denne påstand alvorligt, når man tager i betragtning, at Overfolket har mistet milliarder af dollars på Armageddon. Ikke alene er de forsvundnes formuer ofte hugget af rumfolket, men de har også måttet bruge enorme pengebeløb på at dokumentere den tragedie, som er sket. Hvis ikke de lidelser, som Overfolket har gået igennem var så store, at det var helt uacceptabelt at benægte, at de er fundet sted, kunne man bare grine af denne påstand. Overfolket har ikke tjent en dollar på disse påstande, og Armageddon er en gigantisk tragedie, og ikke et område, som nogle har kunnet tjene noget på. Det skal i den forbindelse indrømmes, at internationalt kendte levende vidner til Armageddon dog får honorar for at rejse rundt og fortælle om deres oplevelser. Men det er vel heller ikke mere end rimeligt, da de ellers ville være tvunget til at arbejde, og Kærlighedsalliancens lande dermed ville miste en væsentlig del af deres hukommelse.

Benægter-påstand 5:

"Det sted, hvor det hævdes at ufoangrebet har fundet sted, eksisterer overhovedet ikke."

Svar:

Naturligvis eksisterer det ikke mere, da rumfolket naturligvis gjorde alt for at slette sporene, da de forlod vores planet. Det er dog ikke lykkedes helt for dem, da der stadig er aftryk af landingsstel for flere af deres ufoer, og da man har fundet forskellige dele fra en forulykket ufo, som giver os et indtryk af, hvordan disse konstruktioner har set ud.

Benægter-påstand 6:

"Ingen planet eller fremmed nation havde fordel af at dræbe og kidnappe Overfolket. Hvorfor skulle de så gøre det?"

Svar:

Dette argument kan give anledning til overvejelse, det indrømmer alle, som har beskæftiget sig med Armageddon. Hvad var egentlig motivet bag disse angreb? For det første skal vi ikke bilde os ind, at vi kan forstå logikken i rumfolkets tanker. Det kan vi ikke. Men vi ved dog så meget, at disse mennesker gennem århundreder har hadet Overfolket, og at talrige af deres filosoffer har skrevet bøget, hvor man har kritiseret og nedgjort dette folkeslag. Vi er nødt til at gætte, for at finde et motiv, og alligevel vil vi måske aldrig finde det. Det afgørende er, at angrebet fandt sted, og derfor må vi formode, at der har været et motiv. Hvad det bestod i, bliver svært for os at rekonstruere, men had, mindreværdskomplekser, indesluttede aggressioner eller en generelt patologisk psyke, er nogle af de ting, som må overvejes.

Benægter-påstand 7:

"Det kan slet ikke lade sig gøre at bortføre 35 millioner mennesker
i et antal rumskibe. Der er ikke plads nok. Og der er ingen grave på
den påståede landingsplads, som viser, at de dræbte skulle være
blevet nedgravet."

Svar:

Også her forsøger benægterne sig med pseudologisk argumentation.
Ingen har jo sagt, at alle 66 millioner mennesker er ført bort i rum-
skibene. Rent faktisk ved vi ikke, hvor mange som er ført bort i
rumskibe i forhold til dem, som er blevet dræbt på stedet. Men et
godt gæt er, at cirka halvdelen er ført bort. Og det kan sagtens lade
sig gøre, hvilket A. C. Brunsbach har vist i sit studie af rumskibene
("The teknik and dimensions of killer-spaceships"). Brunsbach går
ud fra, at skibene hver har kunnet rumme cirka 4800 personer, og at
de hver har rejst mellem 30 og 120 gange frem og tilbage mellem
basen og landingspladsen her på jorden (Zonen). Når man dertil
formoder, at der har været tale om mellem 250 og 550 rumskibe, så
passer tallene ganske godt. Måske er der dog bortført flere menne-
sker end de her viste, men da ufovidenskaben har ønsket at holde
sig til det faktuelt sikre, har man fastholdt tallet 66 millioner.

Konklusion:

Ufobenægternes påstande kan virke overbevisende på unge menne-
sker eller på mennesker, som ikke har tænkt nøjere over hvad Ar-
mageddon egentlig er. Ved en nærmere analyse, viser det sig dog,
at alle argumenterne er falske. Alle benægternes påstande er blevet
tilbagevist mange gange, og der er ingen seriøse videnskabsfolk
som tager dem alvorligt. Når de alligevel bliver ved med at eksiste-
re, har det ikke noget med Armageddon at gøre, men er et udtryk
for politiske konflikter i verden, og for menneskers ønske om at
finde objekt for deres aggression og mindreværd. Det er en kendt
sag, at benægterne har tætte politiske forbindelse til forskellige ter-
rorgrupper og tilsvarende ideologier, og de sidste arrestationer og
afhøringer af benægtere har indikeret, at der foregår et stadig tætte-

re samarbejde mellem dem og de ekstreme politiske kræfter i Kærlighedsalliancens lande. Kampen mod benægterne er derfor ikke
kun en kamp for sandheden, men også en kamp for at sikre frihed
og tolerance for alle mennesker i vores del af verden, og dermed er
det en sag, som alle bør tage aktiv del i.

* Reduktionisterne

En ting var de egentlige benægtere. Det at benægte fakta er jo en
ting for sig, og de fleste mennesker er i stand til at gennemskue,
hvad det drejer sig om. Den slags mennesker, som bevidst bliver
ved med at fremføre noget, som man ved er usandt, vil man helt automatisk tage afstand fra. I det store og hele afslørede benægterne
jo sig selv, da enhver fornuftig person kan se absurditeten i at nægte fakta.

"Dem, som virkelig er farlige, er ikke benægterne, det er reduktionisterne" havde den kendte forfatter Arno Goldstern, hvis forældre
selv blev bortført i et ufoangreb, engang sagt. Det skete i et interview til dagbladet Liberalisten.

*"Disse mennesker - reduktionisterne - indrømmer jo ikke åbent, at
de benægter Armageddon, men de søger gradvist at reducere indholdet i denne begivenhed. Men konsekvensen af denne holdning er
den samme, som konsekvensen af den rene benægtelse. Reducerer
man Armageddon, så krænker man mindet om de ofre, som menneskene har lidt og man krænker hele Overfolkets historiske erindring."*

*"Men kunne det ikke tænkes, at tallet rent faktisk var sat lidt for
højt. 66 millioner er jo ganske mange, og ingen har jo set så mange
ufoer. Så kunne det ikke tænkes, at det virkelige tal var mindre,
f.eks. kun 60 millioner?"* spurgte journalisten ham.

*"Ja, det er måske tænkeligt. For mig drejer det sig ikke om det præcise tal, men om selve hændelsen i sig selv. Verden kan ikke være
den samme efter Armageddon, og al moral må herefter falde bort,*

38

hvis ikke den bygger på mindet om de 66 millioner dræbte. Det er ikke et spørgsmål om logik eller om historisk videnskab, det er et spørgsmål om moral. Menneskeheden har intet større offer gjort end dette, og al snak om at vi skal beskytte menneskerettigheder, undgå barnedrab og udrydde sult, er helt irrelevant, hvis ikke disse ting sættes i relation til Armageddon og mindet om de døde. Dette er den konstituerende begivenhed, som alt må sættes i relation til, og de der søger at aflede debatten mod andre interesser, er i virkeligheden sammensvorne med benægterne og med Overfolkets fjender."

"Vil det sige, at De slet ikke mener, at man kan tale om moral mere?"

"Jo, hvis denne moral tager sit udgangspunkt i den konstituerende hændelse. Det er ufoerne, som sætter dagsordenen nu, og det er det offer, som Overfolket har lavet på menneskehedens vegne, som er målestokken for godt og ondt i fremtiden."

"Hvad mener du så skal gøres i forhold til sultproblemerne i Afrika?"

"Det afgørende er ikke sult eller ej, det afgørende er mindet. Det som Afrika har brug for er viden om det, som har sat den dagsorden de lever under. Det er mindet om Armageddon, som er det afgørende, også for de afrikanske folk, og hvis de ikke anerkender dette, er der ingen grund til at hjælpe dem. Så har de selv valgt deres skæbne, og jeg skal indrømme, at den ikke bekymrer mig særligt."

"Hvad så med den internationale nedrustning? Har Det Hellige Land brug for atomvåben?"

"Det Hellige Land, som jeg har mange bekymringer i forhold til, har ikke alene brug for atomvåben, men de har også brug for at få dem i anvendelse. Der er flere stater i nærheden, som truer dem, og hvis de ikke griber ind hurtigt, så kan disse stater vokse sig stærke

og udgøre en trussel. Så står vi overfor et nyt Armageddon, og det er det vi vil undgå. Hellere kaste en atombombe eller to for meget, end at gå mod et nyt folkedrab. Vi er enige om, at Armageddon aldrig må gentage sig."

* Irving Davis, benægternes profet

Benægterne havde naturligvis deres inspirationskilder. De havde deres profeter, som alle andre religioner og ideologier. Ingen form for tænkning kan eksistere, hvis den ikke er opfundet og udviklet af tænkere, som har evnen til at give et budskab videre til de troende. Og på samme måde forholdt det sig med benægterne, som - efter hvad undersøgelser viste - i mange tilfælde var ensomme og ikke alt for godt begavede mennesker. De havde naturligvis brug for at have noget at støtte sig til, og det fandt de i benægterideologien, som var udviklet og blev opretholdt af et antal meget lærte og kyniske ledere, som ofte pyntede sig med doktor og professor-titler.

Irving Davis var den mest kendte af benægternes ideologer. Han havde skrevet en række bøger, hvor han beskæftigede sig med ufo-fænomenet og med rumfolket og dets civilisation. Men ikke i en eneste af disse bøger havde han omtalt Armageddon, og der var derfor god grund til at antage, at han ikke troede på, at det havde fundet sted. Denne antagelse blev yderligere underbygget af det faktum, at han gennem en del år havde holdt foredrag i forskellige ufoforeninger, hvor han havde gjort rede for sit syn på ufologien. Men heller ikke her havde han talt om Armageddon og dets konsekvenser for Overfolket. Der var derfor al mulig grund til at mene, at Davis var inficeret af en slags benægtertankegang, som fik ham til at dyrke omgang med en betænkelig kreds af mennesker, og til at skrive bøger, hvori han - direkte eller indirekte - benægtede Armageddon.

Davis mente ikke selv, at han var benægter, for han havde jo aldrig skrevet noget hverken for eller imod Armageddon, så han kunne ikke forstå, hvorfor han skulle anklages for benægtelse. Men på den anden side, så indrømmede han, at han hørte til dem, som var kriti-

ske overfor den officielle historieskrivning. Men realiteten var, at
Davis aldrig havde gjort sit forhold til Armageddon helt klart,
hverken for offentligheden eller for sig selv. Faktisk var han i tvivl,
og kunne derfor ikke henføres - rent kategorialt - til at være benæg-
ter eller det modsatte. Hans position var uklar.

Når Davis holdt møder var der sædvanligvis store demonstrationer
udenfor. Det var Den Sorte Brigade som arrangerede disse demon-
strationer, for det var en del af deres grundlæggende ideologi, at
være imod alle former for benægtelse. De havde et godt samarbejde
med forskellige organisationer, som varetog Overfolkets interesser,
og de fik da også med mellemrum økonomisk hjælp fra nogle fon-
de, som havde en vis tilknytning til dette. Men først og fremmest
var Den Sorte Brigade supporteret af dagbladet Liberalisten, som
altid omtalte deres aktioner i positive vendinger, som et udtryk for
frihedstrang og for ungdommelig sans for retfærdighed. En del af
denne retfærdighed gik altså ud på, at mennesker med holdninger,
som adskilte sig fra Brigadens, skulle have lov til at tale offentligt.
Det var ganske vist ikke det, som Brigaden sagde var formålet med
deres aktioner, men det var den praktiske konsekvens. Derfor kun-
ne Davis ikke lide Den Sorte Brigade, og omvendt. Den Sorte Bri-
gade mente, at Davis var ufobenægter og derfor skulle han ikke ha-
ve lov til at tale offentligt, for mennesker med denne slags holdnin-
ger, måtte ikke - mente de - have de samme rettigheder som andre.
Den Sorte Brigade gik, efter hvad de selv sagde, ind for ytringsfri-
hed, men konsekvensen af deres aktioner var, at denne frihed ikke
fungerede. Selv importerede de en gang imellem forskellige ideo-
logiske meningsfæller fra udlandet, som de ønskede skulle snakke
for offentligheden, og ved disse arrangementer var der sædvanlig-
vis ingen problemer. Politiet var altid meget beredvilligt, når det
drejede sig om at beskytte Brigadens arrangementer, og hvis man
kom til at arrestere en af disse unge for stenkast, hærværk eller
vold, kunne man være sikker på, at Dagbladet Liberalisten næste
dag ville tale om politivold og kræve en politisk undersøgelse sat i
gang.

Det var ikke sådan, at Den Sorte Brigade var ideologisk tilknyttet
Liberalisten, men der var et klart fælles ideologisk standpunkt, som
forenede dem. Man gik ind for retten til forskellighed, og man var
imod rumfolket og alle dets manifestationer i denne verden. Derfor
var Brigade og Liberalisten to sider af samme bevægelse. Den ene
var de unge på gaden, som ikke var bange for at slås og for at bryde
loven, og den anden var de gamle og velbjergede, som hellere ville
udgive en avis. Det var to sider af samme bevægelse, men de havde
det samme mål. Udryddelsen af benægterne og af alle dem, som
tænkte på den måde, som benægterne gjorde. Din fjendes fjende er
jo din ven, siges det, og det var den filosofi de Helliges strategi tog
sit udgangspunkt i.

Irving Davis havde mange gange haft problemer med Den Sorte
Brigade, og han var vant til at tid og sted for hans møder blev angi-
vet i Liberalisten, som på denne måde sikrede, at de aldrig kunne
afholdes uden forstyrrelser. Det var tydeligt, at Liberalisten havde
gode informationer, og der var nogle som mente, at de måske havde
et vist samarbejde med politiske og med deres efterretningstjeneste.
Men det kunne naturligvis ikke bevises. Det eneste, som var sik-
kert, var at Irving Davis ikke havde haft mulighed for at tale offent-
lig i flere år, og at hans tilhængere derfor måtte nøjes med at møde
ham på skrift og via forskellige videobånd, som cirkulerede iblandt
dem.

* Kærlighedsreligionen

Kærlighedsreligionen var en af de største foreninger, som var allie-
rede med Overfolket. Kærlighedstilhængerne mente, at man skulle
"vende den anden kind til", når man blev slået på den ene kind. I
den hellige bog blev det også hævdet, at man skulle "tilgive sine
fjender". Det var derfor ikke altid let for kærlighedstilhængerne at
deltage i forfølgelsen af benægterne, for hvis de skulle følge deres
egne filosofiske læresætninger, så ville de måske have foretrukket
at tilgive dem, men det kunne ikke lade sig gøre, for det ville Over-
folket ikke tillade, og de fleste af de aviser, hvor Kærlighedsreligi-
onen blev udbredt gennem, var ejet eller kontrolleret af Overfolket.

For Kærlighedstilhængerne var rigtig gode venner med Overfolket, som de ofte identificere sig så meget med, at de mente selv at være en del af dette folk, eller i hvert fald at være en udløber af det, og dermed åndeligt allierede med dem.

"Hvordan passer det med jeres læresætning om at tilgive sin næste, at I godkender forfølgelse, tortur og fængsling af Benægterne?" var der ofte nogle, der spurgte de ledende tilhængere af Kærlighedsreligionen.

"Det er fordi disse benægtere generer og forfølger Overfolket" fik man så i reglen at vide. "Benægterne krænker andre, og derfor må vi bekæmpe dem, for hvis man har lov til at krænke andre, så må disse jo også svare igen, og så bliver der kaos."

"Men er det ikke i modstrid med jeres læresætning om, at man skal tilgive hinanden?" blev der så spurgt tilbage.

"Jo, måske. Men vi har også andre læresætninger, som vi retter os efter. Man skal f.eks. ikke være mod andre på måder, som man ikke ønsker at disse skal være mod en selv, og derfor må vi have stoppet benægterne."

"Hvordan hænger det sammen?"

"Jo, benægterne krænker Folket, men de ønsker ikke selv at blive krænket, så derfor må vi stoppe dem."

"Men burde det ikke være tilladt at sige sin mening, også selv om der er andre, som er uenige med denne mening?"

"Jo, og det er det da også, når man lige ser bort fra dette tilfælde, hvor vi er nødt til at have nogle grænser. Vi vil ikke have, at man krænker andre religioner, eller at man benægter fakta og forsøger at vildføre andre mennesker."

"Så det skal - i princippet - være forbudt at tale usandt og at sige noget, som ikke er sandt."

"Ja, det skal det i princippet. I hvert fald hvis det drejer sig om sensitive områder, hvor der er andre, som føler sig krænket af disse udsagn."

"Hvordan stemmer det så med jeres idealer om tilgivelse og om at være mod sin næste, som man ønsker at denne skal være mod en. selv, at I anbefaler tortur mod ufobenægterne?"

"Det er simpelthen en nødvendighed, som jeg selv helst havde været foruden. Man kan ikke få de rigtige oplysninger ud af et menneske, som virkelig holder fast ved sine synspunkter, hvis man ikke udsætter denne person for et fysisk pres. Det handler om at få sandheden frem, så vi kan få afsløret benægterens netværk."

"Men hvilken skade gør disse benægtere egentlig?"

"De er i modstrid med vores idealer. Vi går ind for humanisme og ytringsfrihed, og for retten til at være forskellige. Men disse mennesker har helt andre idealer. Derfor er vi nødt til at skride hårdt ind overfor dem. Desværre, må jeg sige, men det er realiteten."

"Kunne man tænke sig dødsstraf for ufobenægtelse?"

"Ikke i den nuværende situation, men hvis problemet skulle vokse, er det ikke utænkeligt."

4. SANDHEDSKAMPENS METODER

* Hvorfor må benægterne bekæmpes?

Der havde været en del diskussion gennem de senere år om, hvor meget man egentlig fik ud af kampen imod benægterne. Der var dem som hævdede, at kampen ikke havde tilstrækkelig store resultater, og at man derfor måtte tage andre metoder i brug. Der var også dem som mente, at det var ganske passende den måde man bekæmpede disse mennesker på, fordi enhver overdrivelse eller underdrivelse, ville føre til et ringere resultat.

"Hvis man yderligere skærper kampen imod dem, risikerer vi, at de bliver en slags martyrer, og at de alene af denne grund vil få tilhængere. Så det ønsker vi ikke. Men hvis vi, på den anden side, tager for let på kampen, så risikerer vi, at der er mennesker, som ikke mere tror på alvoren af denne kamp og på betydningen af at føre den igennem. Det er altså nødvendigt at finde en balance, for ellers vinder ufobenægterne" sagde den ene af parterne i denne tv-diskussion.

"Jeg mener, at du har helt uret" svarede den anden. "Vi har taget alt for let på denne trussel i mange år, og nu er det tiden at sætte ind, så det virkelig kan mærkes. Det kan ikke være rigtigt, at mennesker, som åbent benægter ufotruslen, kan få lov til frit at udbrede denne holdning til vores unge mennesker. Der findes i dag websites med ufobenægtelse og selv her i landet er der grupper, som tydeligvis er præget af denne ideologi. Der er ved at brede sig en slags ligegyldighed med ondskaben, og det er det vi skal have sat en stopper for. Det skal ikke være tilladt at benægte det, som enhver ved er sandt, og de som gør det, må have et ondt motiv med deres handlinger. Det er det vi skal markere ved at fortsætte den intensive kampagne, og ved også i fremtiden, at søge at indkredse disse mennesker og at give dem den straf, som de fortjener."

"Men er der ikke en vis fare ved det, at vi har gjort denne ideologi - så forkastelig den end er - ulovlig? Vi risikerer jo, at disse mennesker vinder folks sympati ved at slå på det, at de er forbudte. Der er jo en vis tendens til at man mener, at når en stat forbyder en slags bøger og en slags ideologi, så må der være noget galt med denne stat. Det er som om, at det kritiske lys rettes mod staten i stedet for mod benægterne, er det ikke et problem?"

"Jo, det indrømmer jeg er en slags problem, og det vil jeg gerne væ-
re med til at gøre noget ved, hvis det kan lade sig gøre. Men jeg tror
snarere at problemet er, at vi ikke straffer disse mennesker hårdt
nok, og dermed sender et nødvendigt signal til borgerne om, at det
er en alvorlig ting at sprede løgn. Disse mennesker er jo med til at
svække kampen imod ufoerne, når de hævder, at de slet ikke eksi-
sterer. Det er der åbenlyst vrøvl, da vi har masser af vidner, og da
der er eksempler på hele byer, hvis borgere er blevet kidnappet af
ufoerne. Hvordan kan man sige, at de ikke har eksisteret, når der er
tusinder af mennesker som har set dem, og millioner af mennesker,
som er blevet kidnappet og forsvundet? Det mener jeg ikke, at vi
kan se på med milde øjne."

* Anvendelsen af humanistisk tortur

Der var en vis uenighed om hvad, der ville være de bedste metoder
til at bekæmpe ufobenægterne. Der var dem som mente, at man
gjorde klogest i simpelthen at ignorere dem, da det de stod for, alli-
gevel var så vanvittigt, at ingen fornuftige mennesker kunne tro på
det. Men der var også dem som mente, at der var en vis grobund for
benægternes argumenter, og at det derfor var vigtigt - ikke mindst
for ungdommens skyld - at holde dem nede med de metoder man
nu rådede over, for at sikre at deres ideologi ikke skulle blive yder-
ligere udbredt.

I nogle lande var den første af disse holdninger dominerende, og i
andre var den anden. De store lande havde en vis tendens til at hol-
de sig til den skrappe linje, ikke mindst fordi det var her, at ufoben-
ægternes mest fremtrædende og dygtige ideologier boede. I de
små lande, havde man ikke intellektuelle med det format, som man
fandt i store lande, og der var derfor ikke den samme fare for at til-
lade mennesker her at sige og at mene, hvad de ville, uden at dette
fik større konsekvenser for andre mennesker eller for landet som
helhed.

Metoderne til bekæmpelse af benægterne var bøder og fængsel,
men ikke nok med det. Det var en almindelig opfattelse blandt de

ledende politikere i Kærlighedsalliancen, at man kun fik sandheden ud af benægterne, hvis man anvendte det de kaldte for "moderat pres", hvilket med et mere almindeligt udtryk kunne kaldes for tortur. Man havde derfor, for at tilgodese disse mennesker, udviklet en række torturformer, som erfaringen havde vist var velegnede til at få Benægterne til at bryde sammen, at tilstå og at angive deres kammerater. Det drejede sig naturligvis først og fremmest om at trævle benægternes netværk op, men det var også lige så vigtigt - mente Kærlighedsalliancens efterretningstjeneste, at man fik de tilfangetagne benægtere til at trække deres synspunkter tilbage.

Blandt de metoder, som man fandt velegnede til at opnå de ønskede mål, blev følgende især anvendt:

• Ophængning i ben med hovedet nedad.
Det viser sig, at når et menneske hænger sådan gennem længere tid mister det bevidstheden, og til sidst dør det. Det drejer sig derfor om at udspørge objektet intensivt i den tid der går, inden at besvimelsen indtræder, og hvis man er sikker på, at vedkommende har relevante oplysninger, er det hensigtsmæssigt at nedtage ham/hende inden han besvimer. Det gør så overgang til andre torturformer muligt, og når bevidstheden er genvundet, kan der trues med ny ophængning, hvilket erfaringsmæssigt kan praktiseres allerede 10 minutter efter, at vedkommende er taget ned.

• Sæbe i mund.
Denne metode går ud på at putte et stykke håndsæbe i munden på objektet og derefter forhindre at han spytter den ud ved at klæbe mundlæberne sammen med gaffatape, hvilket medfører, at han langsomt får stadig mere sæbe i maven, i takt med at sæben opløses. Dette fører til diare og kramper, og - som de øvrige torturformer - i sidste ende døden. Det handler derfor også her om at få de rette oplysninger ud af objektet, inden han mister bevidstheden.

• Afskæring af fingre.
Metoden går ud på gradvist at skære stykker af objektets fingre, således at han til sidst ikke mere har hænder. Man starter sædvanlig-

vis med den venstre hånd, som man formoder, at han har mindst
brug for, og hvis de ønskede resultater ikke er opnået, når denne
hånd er væk, fortsætter man med den højre. Denne tortur fører
sjældent til besvimelse, og den er ikke umiddelbart livstruende,
hvilket betyder at den er velegnet til langstrakte forhør, hvor man
skal have mange oplysninger ud af objektet, og hvor man nødig ser,
at han besvimer eller dør. Når torturen er afsluttet, kan man eventu-
elt slå ham ihjel, hvis det anses for mere humant, frem for at over-
give ham til et sølle liv som hjælpeløs uden hænder. Erfaringen vi-
ser, at flere af objekterne ved denne torturform faktisk foretrækker
at blive slået ihjel, når torturen er afsluttet.

• Larm og musik.
En af de mere blide torturformer er den at anbringe objektet i et
lukket rum, hvor der konstant spilles høj og meget larmende musik.
Det viser sig at visse former for punkt- og rockmusik er de mest
velegnede, og hvis man indspillet denne musik sådan, at især dis-
kanten fremhæves, og at numrene starter og slutter brat, som det
sker når man klipper midten af det pågældende musikstykke ud, så
virker det bevidst. Fangen forhindres i at sove, og får snart hoved-
pine og betydelige kognitive vanskeligheder. Hørelsen svækkes,
tænkeevnen reduceres og på grund af manglende søvn, forsvinder
gradvist evnen til at udføre almindelige sociale funktioner. I sidste
ende kan man også dø af denne form for tortur, men det kræver, at
den gennemføres i lang tid og med betydelig styrke. Erfaringen vi-
ser, at det aldrig er nødvendigt.

Erfaringerne med disse metoder var nogenlunde de samme, uanset
hvor man havde brugt dem. Der var intet problem i at få benægter-
ne til at bryde sammen og tilstå, og de angiver også gerne deres
kammerater og øvrige kontakter i netværket. Det var faktisk også
muligt, at få dem til at trække deres synspunkter tilbage, i hvert fald
når de blev udspurgt under og lige efter torturen. Men det man hav-
de mindre gode erfaringer med var holdbarheden af dette sindelags-
skifte, som benægterne gennemgik under torturen. Man kunne æn-
dre deres opfattelser, men hvor lang tid ville disse ændringer holde?

Der var faktisk nogle eksempler på afhørte og omvendte benægtere, som senere var sluppet løs, og som derefter havde fortsat med at bevæge sig i det samme netværk som før og som - tilsyneladende - genoptog noget af deres tidligere agitation og genvandt de synspunkter, som de tidligere var blevet straffet for. Derfor var der en del politikere, som vendte sig imod torturen, da den alligevel ikke virker, i hvert fald når det drejede sig om at skabe et vedvarende sindelagsskifte. Som alternativ til denne metode havde man anbefalet livsvarige fængselsstraffe eller henrettelse. Men det sidste var der ikke politisk basis for, da Kærlighedsalliancen altid havde sat en ære i at fremstå som et humanistisk fristed for mennesker af alle racer og politiske opfattelser. Dette gjaldt naturligvis ikke benægterne, men selv om man var nødt til at forbyde og forfølge dem, så ønskede man alligevel ikke at henrette dem. Skulle dette - undtagelsesvist - være nødvendigt, så kunne opgaven løses af agenter, som arbejdede for den hemmelige efterretningstjeneste. Så var man sikker på, at sporene af en sådan hændelse, ikke blev ført tilbage til politikerne, som foretrak at fremstå som oplyste og humanistiske mennesker, og som aldrig forsømte en lejlighed til at kritisere dødsstraf, når den blev praktiseret i de primitive og diktatoriske lande, som Kærlighedsalliancen - efter egen mening - ikke kunne sammenlignes med.

* Torturens positive virkninger

Der var mennesker, som ikke mente, at det var rigtigt at torturere ufobenægterne. Deres argument var som regel det, at tortur i almindelighed er umoralsk og en overtrædelse af de internationale menneskerettighedskonventioner, men som regel føjede de til disse argumenter et andet og mere kritisk argument til, nemlig det, at torturen ikke førte til de resultater, som man ønskede, idet man kunne få folk til at indrømme hvad som helst, når man udsatte dem for tortur, også uden at det disse mennesker indrømmede, faktisk var rigtigt.

I forhold til det sidste argument, var der dog gode svar, som torturens fortalere kunne fremføre. Man var jo i stand til at krydstjekke de oplysninger man fik fra de torturerede, ved at sammenligne dem med de udsagn, som andre torturerede var fremkommet med. På denne måde kunne man forholdsvis sikkert kontrollere, om en indrømmelse eller angivelse var udtryk for fri fantasi, og fremkommet simpelthen for at undgå yderligere tortur, eller om der var tale om en sandfærdig oplysning. I de tilfælde, hvor man ikke umiddelbart kunne tjekke en fremkommen oplysning på denne måde, måtte man henholde sig til den erfaring man i øvrigt havde med det torturerede individ, idet man kunne gå ud fra, at hvis han eller hun gav sande oplysninger på ét område, så ville de oplysninger han gav på andre områder, tilsvarende være sande. Det gjaldt derfor altid om at udspørge den fangne om ting, som man med sikkerhed kendte til, hvordan var foregået, eller personer, hvis status og kriminelle gerninger man med sikkerhed kendte til. Hvis den torturerede gav de rigtige oplysninger på disse områder, var der grund til at formode, at de oplysninger han gav på andre områder, også var sande. Og passede oplysningerne ikke, så løg han sandsynligvis også i anden sammenhæng, hvilket blot indikerede, at torturen endnu ikke havde virket, hvorfor den måtte fortsætte og eventuelt udvides i mere smertefuld retning.

"Vi har altid gode resultater ud af torturen" fortalte en af de mest rutinerede forhørsofficerer engang en journalist til et dagblad.

"Men har I aldrig samvittighedsproblemer med at påføre andre smerter?"

"Det er jo noget, som man må afgøre med sig selv, inden man søger ind i denne branche. Selvfølgelig påfører vi objekterne smerter, for det er jo vores job. Men vi mener og tror på, at de smerter vi påfører disse benægtere, er af mindre betydning end de smerter, som disse benægtere påfører andre mennesker. Ikke gennem tortur, men gennem deres løgne."

"Men burde det ikke være tilladt at have sin egen mening om historiske spørgsmål?"

50

*"Jo, det burde det da være. Vi har jo ytringsfrihed her i Kærlig-
hedsalliancen, det står i vores grundlov. Men for at beskytte denne
ytringsfrihed er vi også nødt til at sætte grænser, for det er ikke i
vores interesse, at den ene gruppe krænker den anden. Benægterne
provokerer, de søger ikke sandheden. De lyver for at opnå andre
mål."*

*"Og hvad er det så for mål, som benægterne søger at opnå gennem
deres holdninger?"*

*"Det er et godt spørgsmål. For at være ærlig, så ved jeg det ikke.
Men jeg fornemmer, at det drejer sig om at de ønsker at alliere sig
på en eller anden måde med ufofolket og med dem, som stod bag
Armageddon. Jeg vil i hvert fald betragte dem som medansvarlige
for folkemord, så de har ikke min medlidenhed. Men i øvrigt så gør
vi jo kun det, som vi bliver bedt om og som vi er ansat til. Det er ik-
ke mig, men mine overordnede, som fastsætter retningslinjer for
den tortur, som vi udøver. Om jeg kan lide det eller ej, er for så vidt
ikke vigtigt. Jeg tror at der er negative ting ved ethvert job, og det
er der selvfølgelig også ved vores. Men nogle skal jo udføre det, og
det er altså os."*

*"Mener du selv at ufobenægterne har en pointe og er du nogensin-
de selv i tvivl om, hvorvidt det er rigtigt de siger?"*

*"Nej, jeg er aldrig selv i tvivl om, hvad sandheden er, men jeg skal
indrømme, at jeg til tider har tænkt den tanke om disse mennesker
selv rent faktisk tror på det de siger. I de fleste tilfælde er jeg sikker
på, at de har dårlig samvittighed, fordi de godt ved, agt de lyver.
Men der har været et enkelt eksempel eller to, hvor jeg var i tvivl.
Måske er der nogle af benægterne, som rent faktisk tror på det de
påstår. Og det må man så tage til efterretning. Men det ændrer in-
tet ved vores job. Vi skal finde deres kontakter og søge at få dem på
andre tanker, også selv om det ofte er hårde og ubehagelige meto-
der vi må anvende for at nå dette mål."*

* Den nye Tolerancelov

For nylig havde man i det fælles Kærlighedsparlament, som for-
enede Kærlighedsalliancens medlemslande, vedtaget en ny lov -
Toleranceloven - som fastlagde reglerne for tolerance, og som lag-
de et moralsk grundlag for den kultur og det image, som unionens
medlemmer ønskede at have udadtil.

Det drejede sig dels om at få fælles regler for ytringsfrihedens
grænser. Det kunne ikke være tilladt at publicere bøger, som vendte
sig imod de idealer, som flertallet af parlamentets medlemmer hav-
de vedtaget. Det var ikke tilladt at kritisere Overfolkets religion, for
det ville være urimeligt, at udsætte disse stakkels mennesker for
flere lidelser end dem, som de allerede havde været udsat for. Der
var nogle, som mente, at det også skulle være forbudt at kritisere
andre religioner, men dette forsalg var faldet efter en afstemning.

*"Vi går jo ind for ytringsfrihed", sagde talsmanden for flertallet i
parlamentet, "så vi kan ikke gå ind for at begrænse retten til at kri-
tisere religion. Det skal naturligvis være tilladt. Vi kan bare ikke
acceptere, at Overfolket bliver krænket igen, når vi nu kender vores
egen historie og de lidelser, som Armageddons efterkommere sta-
dig føler ved tanken om det, som er sket. Det er en skamplet på hele
vores civilisation, at Armageddon fik lov at passere, og den fejl vil
vi ikke lave igen."*

En anden del af Toleranceloven handlede om eftersøgning og kon-
trol med ytringer, som kunne anses for at være truende eller for at
være en slags skjult benægtelse. Det var en kendt sag, at benægter-
ne benyttede alle de elektroniske medier flittigt til at udsprede deres
budskab, og det ville man godt have stoppet. Der skulle ikke være
censur på internettet, men det skulle være muligt for efterretnings-
tjenesten at aflytte mobiltelefoner og internetforbindelser, med det
formål at afsløre benægtere, inden de fik succes med at udbrede de-
res tanker til unge og uskyldige mennesker. I den forbindelse var
der lavet lov om, at politiet kunne lave skjulte ransagninger i priva-
te hjem. De kunne aflytte alle telefon- og internetforbindelser, og

de kunne arrestere mistænkte personer og holde dem i forvaring op
til 30 dage, uden at de behøvede at stille dem for en dommer. Mistanken om at være involveret i benægtelse var nok til at politiet
havde ret til at reagere, og mange politikere havde allerede inden
lovens vedtagelse opfordret politiet til at bruge deres rettigheder
flittigt, så der kunne blive renset ud. Friheden skulle have en chance, og det skulle være muligt at være forskellig, uden at man af den
grund behøvede at frygte for sin personlige sikkerhed. Derfor måtte
benægterne afsløres og spærres inde.

En del af det lovkompleks, som blev omtalt som Tolerancelovene,
handlede om nye forhørsmetoder, som måtte tages i anvendelse i
forhold til benægterne. Det havde tidligere været tilladt at anvende
såkaldt "moderat pres", når man afhørte sådanne mennesker, men
nu var det den almindelige vurdering, at dette ikke mere var tilstrækkeligt. Derfor havde man justeret politiets muligheder, så de
nu kunne anvende "moderat og stigende pres" imod de personer,
som man havde arresteret, og som man ønskede at få oplysninger
fra. Det betød i praksis, at det var tilladt at anvende elektriske medier under forhøret, og at afskæring af legemsdele også kunne
komme på tale, så længe disse ikke var direkte livstruende. Det var
også tilladt at anvende vand, fungeret drukning og udpresning af
det ene øje. For at understrege det humanistiske sigte med loven,
havde politikerne eksplicit ønsket, at det skulle stå i loven, at man
kun måtte skade det ene øje, og ikke begge. Man ønskede jo ikke at
gøre de afhørte ude af stand til at arbejde, hvis de engang senere
skulle blive frigivet.

Det sidste, og måske mest interessante, som man havde indført med
Toleranceloven, var det, at der i fremtiden skulle anvendes en ny
slags retspraksis, når det gjaldt benægtere og andre, som søgte at
krænke Overfolket. Fra nu af skulle det almindelige retslige princip
om at retten søger efter en form for "sandhed" sættes ud af kraft, og
i stedet erstattes med princippet om, at retten søgte efter en bestemt
type adfærd. Det kunne nu altså ikke mere bruges i retten, at en benægter havde fundet det ene eller andet punkt i hans ideolog, som
var historisk korrekt, efter hans mening altså. Retten handlede ikke

om, hvad der er eller var historisk korrekt, og hvis en benægter
kunne bevise, at Armageddon slet ikke havde fundet sted, så ville
dette ikke redde ham fra straf. Det man kunne blive straffet for var
nemlig ikke at lyve i forhold til sandheden, men alene det at krænke
idealer og trosformer, som Overfolket holdt for at være sande.
Denne ændring var en væsentlig revision af den hidtil gældende
lovgivning, hvor man kun regnede udsagn for strafbare, hvis de
kunne bevises at være usande. Men sådan var det ikke mere. Nu
kunne retten spare en masse tid og anstrengelser, for bevisførelsen
var blevet mere enkelt. Havde man krænket Overfolkets idealer,
herunder troen på Armageddon, stod man til fængsel, så enkelt var
det. Det blev på engelsk udtrykt sådan: *"The truth is no defense"*,
sandheden er ikke et argument for retten. Benægtelse er strafbart,
uanset i hvilken form den fremføres.

Diskussionen om Toleranceloven havde ikke givet de store proble-
met i parlamentet. Der var en lille minoritet på under 2 % af med-
lemmerne, som havde nægtet at stemme for, men ellers havde der
været enighed på tværs af de politiske skel, som ellers delte politi-
kerne i de fleste spørgsmål. Men når det gjaldt Kærlighedsallian-
cens forhold til menneskeret, og det generelle image man ønskede
at have overfor andre nationer, så var der ingen tvivl. Man gik ind
for frihed og kærlighed, og dem som ikke ville acceptere disse idea-
ler, var der ikke plads til.

* Abraham-korpset og dets aktioner

Dette korps var oprettet for mindre end 10 år siden, og det havde til
formål at forfølge og at opspore, indfange og forhøre ufobenægtere,
på andre måder end dem, som de officielle myndigheder havde mu-
lighed for. Altså uden at tage hensyn til de indskrænkninger, som
det formelle lovsystem satte for politiets og efterretningstjenestens
virksomhed. Der var brug for, at man anvendte mere utraditionelle
metoder i kampen mod benægterne, og de mennesker, som skulle
lave dette arbejde, måtte have en særlig mentalitet og et særlig en-
gagement i opgaven.

For at få adgang til medlemskab af dette korps, skulle man være
over 18 år og i god fysisk form. Man kunne regne med, at ens fami-
liære og sociale relationer ville blive undersøgt før man kunne ind-
træde, da man ikke ønskede, at der skulle tilgå benægterne nogle
informationer fra medlemmer af korpset. Derfor tjekkede man na-
turligvis grundigt, om en ansøger havde benægtere i sin personlige
bekendtskabskreds, eller om den pågældende på anden måde kunne
tænkes at ville udgøre en sikkerhedsrisiko for korpset og dets ar-
bejde.

Når man var blevet optaget i korpset, gennemgik man 12 ugers træ-
ning, som typisk fandt sted i en af korpsets træningslejre i udlandet.
Træningen bestod både i teoretiske og i praktiske færdigheder, og
efter endt træning blev rekrutten gjort til medlem af en celle, som
bestod af 4-5 medlemmer af korpset. Cellerne opererede uaf-
hængigt af hinanden, men alle under den samme ledelse. Hvem der
egentlig var korpsets leder, var ikke offentlig kendt, og medlem-
merne vidste det heller ikke. De kendte kun deres egen føringsoffi-
cer, som gav cellen instruktion om de opgaver, som de skulle løse.

Det var ikke et fuldtidsarbejde at være medlem af korpset. Man
regnede med at medlemmerne brugte cirka 10 timer om ugen på
møder, træning og aktioner. Men tidsforbruget var meget varieren-
de. Nogle uger var der slet ingen aktiviteter, og andre var der næ-
sten brug for indsats hver eneste dag. Det var derfor nødvendigt, at
medlemmerne havde en aftale med deres arbejdsgiver, hvor de
havde lov til at tilpasse jobbet til de krav som korpset stillede. Til
gengæld ville arbejdsgiveren få en slags økonomisk kompensation
for at have en medarbejder, hvis indsats ikke altid kunne forudsiges
rent tidsmæssigt. Medlemmerne af korpset fik også en mindre beta-
ling for deres indsats, men det var normalt ikke for pengene, at de
havde søgt optagelse. Det var for kammeratskabet, og for at yde et
bidrag og kampen for det gode, altså i kampen mod benægterne,
som de fleste medlemmer af korpset hadede.

Korpsets opgaver drejede sig om infiltration, observation, indfang-
ning og afhøring af benægtere. I sjældne tilfælde krævede det også

lidt mere end dette, hvis der var tale om personer, som man ikke
mente at kunne lukke munden på med de traditionelle skræmme-
midler. Det var en kendt sag, at Abrahamkorpset også havde tilla-
delse til at likvidere problematiske objekter. Det var dog undtagel-
sen, at det var nødvendigt at anvende sådanne midler, men man
mente i korpset, at det var godt at have denne mulighed. Ikke kun
fordi, den skulle bruges en gang imellem, men også fordi den i sig
selv havde en præventiv virkning, idet de personer man kontaktede
vidste, at de gjorde klogt i at samarbejde, hvis de ikke ville risikere
at blive genstand for mere alvorlige tiltag.

Da korpsets aktioner var hemmelige, kunne aviserne naturligvis ik-
ke frit rapportere, hvad de gik ud på, og pressen havde i det hele ta-
get kun meget begrænset adgang til at tale med medlemmer af lede-
re af korpset. Der var dog journalister, som havde gjort et større ar-
bejde for at belyse korpsets arbejde, ud fra den opfattelse, at det var
en del af demokratiet, at borgerne skulle have indsigt i, hvad deres
skattepenge gik til. Og blandt de aktioner, som pressen på denne
måde havde kunnet redegøre for, var det især disse tre som havde
vakt opmærksomhed:

- Opsporing af den tidligere professor i historie, Jonathan Berg-
kvist, som havde skrevet et 20-siders skrift, som stille spørgsmåls-
tegn ved realiteten af ufoerne og dermed - som konsekvens - af
Armageddon. Professoren var flygtet til et land på den anden side
af jorden, men alligevel lykkedes det Abrahamkorpset, i samarbej-
de med Overfolkets internationale efterretningstjeneste, at opspore
professoren, at kidnappe ham, og at bringe ham tilbage til retsfor-
følgning i sit hjemland. Der var han blevet dømt til 8 år i fængsel,
og var efterfølgende pålagt livsvarigt udrejseforbud og forbud mod
at publicere tekster under nogen form. Professoren havde hængt sig
i sin fængselscelle få måneder før han skulle løslades, og der var
mennesker som hævdede, at han var blevet myrdet af korpsets
agenter. Det kunne dog ikke bevises.

- Afsløring og tilfangetagelse af tre personer, som havde trykt og
distribueret musik CD'ere med Armageddon-kritiske tekster. Mu-

sikken blev spillet af et band, hvis medlemmer lytterne ikke kunne
finde navnet på, og musikken var ikke særlig professionelt udført.
Det som var kriminelt var naturligvis teksternes indhold, som klart
skulle tjene til at latterliggøre Kærlighedsalliancen, Overfolket og
deres fælles kamp mod benægterne. De tre personer var dømt til 6
års straffearbejde, og efterfølgende livsvarigt opsyn og publice-
ringsforbud. Dette betød, at de ikke måtte arbejde steder, hvor de
havde med informationsformidling at gøre, og at de i øvrigt ikke
måtte forlade landet uden at have politiets særlige tilladelse. De tre
personer sad stadig i fængsel.

- Likvidering af en udenlandsk benægter, som havde besøgt landet
og afholdt møder med sympatisører. Navnet på den dræbte benæg-
ter var ikke kendt af offentligheden, men Abrahamkorpset hævde-
de, at aktionen var sket i samarbejde med efterretningstjenesten i
det land, hvor han kom fra. Hvad der var sket med liget, var der in-
gen som vidste, og hvordan likvideringen havde fundet sted, var der
også megen uklarhed omkring. Det var dog en almindelig overbe-
visning blandt de journalister, som havde beskæftiget sig med sa-
gen, at benægteren var blevet druknet i en sø på landet. Hvor og
hvordan det konkret var foregået, vidste kun dem, som havde været
med i aktionen.

* Dagbladet Liberalisten

At bekæmpe en ond ideologi, kunne naturligvis ikke kun gøres med
militære og politimæssige midler. Det var nødvendigt at fange og
straffe benægterne, men det vigtigste var naturligvis at undgå, at
nye unge mennesker lod sig påvirke af denne ideologi. Derfor spil-
lede pressen en meget vigtig rolle, og det ubetinget vigtigste organ i
kampen mod ufobenægterne var dagbladet Liberalisten, hvis skif-
tende redaktører altid havde tilhørt Overfolket.

Denne avis havde som officiel formålserklæring at bekæmpe dis-
krimination og religiøs overtro, og at give frihed for mennesker til
at udtrykke deres synspunkter, uanset hvad disse måtte være. Man
var tilhænger af demokrati, hvilket betød, at man også - hævdede

man i hvert fald - var tilhængere af ytringsfrihed. Og "ytringsfrihed
kendes jo på, at dem som ingen kan lide, også har retten til at sige
deres mening. Det havde redaktøren i hvert fald skrevet i en leder,
da han tiltrådte sin stilling, så der var ingen tvivl om, at Liberalisten
var en fortaler for friheden, og at hele dette blads journalistisk var
et vigtigt bidrag i denne kamp.

Det var derfor også helt naturligt, at man gjorde meget ud af at af-
sløre frihedens fjender, hvilket skete når man kunne afsløre, hvor
mennesker med fordomme, gjorde det ene og andet ondt. Der var
f.eks. en meget højreorienteret person, som engang havde skrevet
på sin website, at han undrede sig over at dagbladet Liberalisten var
den eneste af landets aviser, som altid havde haft en redaktør med
tilknytning til Overfolket og dets religion. Han havde skrevet på sin
website, at han mente, at en avis, som i hele sin eksistensperiode al-
tid havde haft en redaktør, som tilhørte Overfolket, måtte være et
organ for dette folks tro og ideologi. Men denne udtalelse kom han
til at fortryde, for redaktøren for Liberalisten stævnede ham i retten
med anklage om, at have begået en racistisk forbrydelse, og i hen-
hold til den gældende lovgivning, blev den unge mand derefter
straffet med 3 måneders fængsel og dertil hørende beslaglæggelse
af hans computerudstyr, som politiet mente måtte være en slags
gerningsvåben, da de forbudte synspunkter nu var udtrykt på en
website, som var lavet på denne computer.

Det var i øvrigt kendt af enhver, at det den unge mand havde skre-
vet på sin website, var fuldstædig sandt. Liberalisten havde altid
været under Overfolkets ledelse, og det var ingen hemmelighed, at
man i disse kredse regnede netop dette dagblad for et af de vigtigste
redskaber i kampen imod den diskriminering, som man ellers fryg-
tede at blive udsat for. Ganske vist var medlemmerne af Overfolket
rigt repræsenteret i landet rigeste kredse, blandt vekselerere, aktio-
nærer, bankdirektører og avisredaktører. Der var også rigtig mange
af Overfolkets medlemmer, som var ansat i pressen, og faktisk hav-
de hver eneste avis i landet en særlig journalist til at behandle sa-
ger, som havde med dette folk at gøre, og i næsten alle tilfælde var
denne person selv medlem af Overfolket. Når man behandlede an-

dre religioner, havde man de etiske og journalistiske opfattelse, at
det religiøse skulle behandles kritisk, og man var ikke bange for at
latterliggøre de forskellige former for overtro, som man mødte
overalt. Men når det gjaldt Overfolket, så var der respekt. Man vid-
ste, at dette folk havde lidt så meget, at man ikke fandt det passen-
de, at lave grin med dets vaner eller at kritisere dets forestillinger.
Heldigvis var de fleste medlemmer af Overfolket da også ganske
ureligiøse, altså i traditionel forstand. De ærede naturligvis mindet
om Armageddon og bidrog til at holde ofrene for denne begivenhed
i ære, og at samle penge ind til deres efterkommere, men de interes-
serede sig ikke for de metafysiske dele af deres egen religion. De
var sekulariserede, som man kaldte det, og det var egentlig netop
dette formål, som Liberalisten havde. Man arbejdede for en sekula-
riseret form for religion. Enhver måtte tro og mene, som man ville,
hvis bare man ikke tog det alvorligt og begyndte at indrette sit liv
og sin verden efter disse retningslinjer. For, når alt kom til alt, så
var religion jo ikke andet end en slags forestillinger, en form for
overtro, som enhver kunne tro på eller lade være, som man selv
fandt det ønskeligt. Det var ikke noget, som samfundet skulle eller
kunne understøtte. Tværtimod burde samfundet bygge på rent rati-
onelle forudsætninger, og religion burde ikke have nogen indflydel-
se i de politiske afgørelser. Dette drejede sig dog kun om metafy-
sisk religion. De begivenheder, som enhver kendte sandheden af,
og som spillede en rolle for alle religioner - f.eks. Armageddon -
måtte samfundet naturligvis holde i ære og bringe ind i undervis-
ningen af skolebørn. Her var jo ikke tale om overtro, men om histo-
riske fakta.

Liberalisten var ellers tilhænger af frihed og af alles ret til at leve
livet, som man selv ønskede. Ytringsfriheden spillede især en stor
rolle for bladet, og man gjorde meget ud af at fortælle om forfatte-
re, som blev forfulgt for det de havde skrevet i lande udenfor Kær-
lighedsalliancens medlemskreds. De forfattere, som sad i fængsel i
Kærlighedsalliancens egne lande, fordi de havde givet udtryk for
benægtelse, havde man dog ingen sympati med. Ytringsfrihed er
godt, mente man, men den må have en grænse. "Dem som ikke selv
tror på friheden, bør samfundet heller ikke give frihed til" sagde re-

daktøren ofte, når han talte i tv. Det var der stort set enighed om, og alle vidste, hvem han talte om.

5. FREMTIDEN

Mange spekulerede over, hvad perspektiverne i den igangværende kamp var, og der var ingen enighed om dette. De færreste troede, at kampen ville slutte i den nærmeste fremtid, og nogle tvivlede på, om den overhovedet ville slutte. *"Det er måske selve kampen, som er meningen med vores liv"* var der en redaktør for en af Overfolkets aviser, som havde udtalt for nylig, og under et interview havde en af de ledende politichefer udtalt, at *"vi bliver aldrig af med ufobenægterne, for der vil altid være mennesker, som gerne vil skille sig ud, og som ikke har noget fornuftigt at tage sig til."*

Det var den officielle holdning hos landets regering, at kampen mod benægterne altid ville have førsteprioritet i den ideologiske kamp, men på den anden side, så var der ingen politikere, som havde udtalt sig om, hvad man skulle bruge de anvendte ressourcer til, hvis denne kamp engang skulle blive vunder. Men hvordan skulle det også kunne lade sig gøre, når denne gruppe af mennesker var i stand til at gemme sig overalt i verden, og stadig at have adgang til de moderne meddelelsesmidler, uden at man kunne forhindre dette. Man kunne holde dem nede, og begrænse deres indflydelse, men man kunne ikke udrydde dem eller løse problemet en gang for alle, ligesom det heller ikke ville være muligt at udrydde rotter eller malaria en gang for alle.

"Der er visse problemer her i verden, som vi ganske enkelt skal indstille os på at leve med"

sagde repræsentanten for Forskningscenteret for Armageddon-ofte (FA) ved det lokale universitet. Han var indkaldt til en tv-debat, som handlede om "Kampen mod højreekstremismen", og han var at regne for en særlig specialist i dette emne, da hele FA var grundlagt med det formål at bekæmpe ufobenægterne. Til det formål havde man 28 mennesker ansat i forskningsmæssige stillinger, og man publicerede årligt 4-5 bøger, som handlede om Armageddon og om ufobenægtelse i almindelighed.

En kommission, nedsat af landets regering, havde for nylig lavet en betænkning, hvor man anbefalede følgende metoder anvendt i kampen mod benægterne og deres netværk. Der var tale om forslag, som politikerne skulle tage stilling til, så intet af dette var endnu indført som politisk praksis. Men kampen mod den fjendtlige ideologi var af tiltagende vigtighed, og der var almindelig forståelse for, at det var nødvendigt at yde ofre, hvis friheden skulle bevares.

Forslagene var de følgende:

1. Pressefrihed

Det var almindelig kendt, at der var dele af pressen, som ikke i den nødvendige udstrækning tog del i kampen mod ufobenægterne. Det var ikke ønskeligt at pege på konkrete aviser og medier, men der havde f.eks. været et tilfælde, hvor en avis havde accepteret en kronik, skrevet af en kendt benægter. Kronikken antydede, at der var begrænsninger i pressefriheden i et af Kærlighedsalliancens medlemslande, og denne kronik var blevet trykt. Naturligvis var redaktøren af det pågældende blad straks blevet afskediget, men man ville gerne undgå, at noget lignende kunne ske igen. Det kunne man opnå ved at indføre en slags international certificeringsordning, som gik ud på, at staten skulle godkende redaktører til alle slags medier, før de kunne publicere noget stof. Det gjaldt både aviser, radiokanaler, blade og websites på internettet, for i det moderne mediebillede, var der ingen informationskanaler, som måtte udelades. Alle spillede de en rolle.

Forslaget gik ud på, at man i samarbejde med en af Overfolkets tværpolitiske organisationer lavede en godkendelsesordning således, at de nævnte redaktører først kunne få lov til at arbejde, når de var blevet godkendt. Denne godkendelse skulle så fornyes én gang om året, for at sikre, at der ikke skete en udskridning eller glidning i forkert retning. På denne måde opnåede man dels at sikre, at respekten for Overfolket og dets lidelser blev opretholdt, og dels at benægterne og deres eventuelle skjulte allierede i medieverdenen ikke fik nogen indflydelse på andre menneskers tanker. Dette skulle sikre, at ytringsfriheden blev bevaret, og at de, som ønskede at krænke andre, ikke fik lejlighed til at true samfundets værdimæssige fundament og sociale orden.

2. Skoleundervisning

Det var en kendt sag, at Overfolket og dets lidelser ikke spillede den rolle i skoleundervisningen, som det burde. Pressen, især dagbladet Liberalisten, havde gennem det sidste år kunnet fortælle et antal historier om skoler, hvor man ikke højtideligholdt årsdagen for Armageddon, eller hvor eleverne ikke i tilstrækkelig grad fik læst de nødvendige bøger om denne hændelse. Der havde ligefrem været eksempler på skoler, hvor elever, som var påvirket af benægternes ideologi, havde fået lov til at tale i deres skoleklasse, og derved havde kunnet påvirke andre elever.

Programmet måtte derfor være, at gøre højtideligholdelsen af årsdagen for Armageddon obligatorisk, og at sikre den nødvendige litteratur om denne begivenhed, som en ikke-valgfri del af pensum på alle klassetrin i skolen. Elever, som ikke ønskede at deltage aktivt i læsningen af Armageddon-bøger, eller som på anden vis udtrykte skepsis overfor skolens centrale opgave med oplysning af dens elever, måtte enten sættes i særlige observationsklasser eller udelukkes fra skolen. Der var ikke plads til benægtelse, hverken i skjult eller åben form, i den frie skole. Kærlighedsalliancen havde for nylig lavet et fælles udspil på skoleområdet, hvor man havde anbefalet, at alle skoleelever skulle besøge de kendte landingsplader mindst én gang i deres skoletid, og det var der også enighed om i kommissionen, at det måtte indføres i det hjemlige skolesystem.

3. Museer

Det var ønskedeligt, hvis der blev bygget flere museer til højtide-
ligholdelse af Armageddon og Overfolkets lidelser. Det var nød-
vendigt i højere og mere realistisk grad at fremstille den lidelse,
som årtusinders forfølgelse havde været årsag til, og det skulle ikke
være nødvendigt for mennesker at skulle køre flere hundrede kilo-
meter for at komme til et sådant museum. Hovedreglen skulle være,
at alle byer med mere end 100.000 borgere skulle have et sådant
museum, og at det skulle opføres med en blanding af statslige og
lokale midler. Museets udseende og indhold skulle planlægges i
samarbejde med Forskningscenteret for Armageddonofre ved det
statslige universitet, og det ville være ønskeligt, hvis også repræ-
sentanter for de berørte - altså Overfolket - blev inddraget i plan-
lægningen.

Det skulle naturligvis være obligatorisk for skolebørn at besøge
disse museer mindst én gang i løbet af deres skoletid, og man reg-
nede også med, at disse museer ville tiltrække en del udenlandske
turister, hvilket kun var en positiv sideeffekt at denne investering.

4. Mindedage

Der var for tiden kun én mindedag for Armageddon, og det var må-
ske for lidt. Det var kommissionens indstilling, at man skulle indfø-
re en mindedag mere, som havde at gøre med Armageddon. Denne
mindedag skulle ligge på tiden for Armageddons begyndelse, altså
på det tidspunkt, hvor man havde fået den første rapport om ufoer-
nes landing og bortførelse af mere end 60 millioner mennesker.
Den præcise dag for denne hændelse var der ganske vist nogen
uenighed om, men da det afgørende ikke var den konkrete dato,
men selve ideen i denne højtidelighed, anbefalede kommissionen,
at man valgte den af de mulige dage, som lå længst væk fra den an-
den mindedag, Armageddon-dagen. Formålet med denne mindedag
var naturligvis, at man i skolerne skulle koncentrere sig om aktivi-
teter, som kunne bevidstgøre eleverne om Overfolkets lidelser og
om nødvendigheden af, at undgå gentagelser. Der var jo mange an-

dre former for masseudryddelse i dag. Ganske vist ikke i det omfang og med anvendelse af den samme dæmoniske teknologi, som rumfolket havde anvendt, men stadig begivenheder, som der var grund til at lægge mærke til. Det var således en grundlæggende regel for formidling af denne slags information, at alting skulle sættes i relation til Armageddon og perspektiveres i forhold til denne begivenhed. Der var trods alt ingen andre begivenheder, som i samme udstrækning kunne tages som udtryk for den rene ondskab, og derfor var viden om Armageddon helt grundlæggende.

5. TV-udsendelser

Der havde i mange år været 2-3 udsendelser med relation til Armageddon hver uge i det statslige tv, og da de internationale producenter af tv-programmer løbende lavede mange udsendelser om dette emne, ville det være naturligt at lægge flere af disse på programfladen. Det skulle ikke kunne lade sig gøre at behandle emner med relation til flyvning eller til fremmede planeter, uden at dette blev sat i sammenhæng med Armageddon. Det var der almindelig vilje til at rette sig efter i de statslige og private tv-kanaler, som vidste, at man ellers ville blive tvunget af lovgivning. Men man vidste åbenbart ikke rigtigt, hvordan man skulle gribe sagen an. Derfor blev det foreslået, at staten skulle udnævne en særlig tv-konsulent, som tilså de statslige og private tv-kanaler og kom med forslag til, hvordan de bedre kunne få tilrettet deres programflade, så den ledte tankerne hen på den store begivenhed. Der var jo mange mennesker, som gav udtryk for, at de var ved at være trætte af information om Armegeddon, og den slags skulle man naturligvis lytte til. Det betød, at den fremtidige information skulle gives på nye måder, og at man i højere grad skulle tænke på, at det ikke var ønskeligt, at vise Armageddon i sin realistiske gru og rædsel, men at man snarere skulle vise det som en konstituerende og ikonisk hændelse, som lå til grund for al menneskelig tænkning. "Uden viden om Armageddon ingen moral" havde landets statsminister sagt i en tale han holdt ved åbningen af et museum for nylig, og det var denne tankegang, som også tv-kanalerne skulle rette sig ind efter. Det handlede ikke om at formidle viden om denne hændelse for at skræmme befolkningen, men for at styrke den. Det handlede om at lægge grundlaget for nationens frihed og menneskelighed, også i fremtiden.

6. Militær

Det var almindelig kendt, at Kærlighedsalliancen gennem lang tid havde ført forhandlinger med et antal stater, som ikke havde de respekt for mindet om Armageddons ofre, som man kendte i alliancens lande. Denne mangel på respekt skyldtes dels uvidenhed, og dels - desværre - en mangel på vilje til at forstå de lidelser, som Overfolket havde været udsat for. Det var almindelig kendt, at benægterne havde haft en slags frihed i flere af disse lande, og der havde tilmed været et eksempel på, at et af disse lande havde afholdt en konference, hvortil benægterne var blevet inviteret.

Det var derfor nødvendigt i højere grad at skærpe kursen overfor disse lande, og i et mere tydeligt sprog at gøre dem klar over, at de måtte vælge mellem deres nuværende kurs eller en mere samarbejdsvillig indstilling. Valgte de at fortsætte som nu, måtte de påregne økonomiske sanktioner og måske - på længere sigt - militær indgriben. Det var ganske vist Kærlighedsalliancens holdning, at alle nationer skulle have friheden til selv at beslutte deres styreform og livsmåde, men der måtte naturligvis være grænser, når denne livsmåde havde indvirkning på atmosfæren i flere af alliancens medlemslande. Det var derfor kommissionens holdning, at lande, som gav frirum til benægterne, skulle stilles overfor et ultimatum. Enten rettede de sig ind efter Kærlighedsalliancens normer, eller også måtte de påregne militær indgriben. Det var især det Hellige Land, som havde været aktiv i denne bestræbelse på at indføre demokrati i stater udenfor Kærlighedsalliancen, og det også selv om det Hellige Land - formelt set - ikke selv var medlem af alliancen. Man havde også flere gange truet lande, som gav frirum til benægterne, med at de kunne risikere at blive mål for et atomangreb. Det var ingen hemmelighed, at det Hellige Land havde nogle af verdens mest avancerede våben i sit arsenal, og man var ikke bange for at bruge dem, når det gjaldt kampen for frihed og sandhed. Det måtte man være overbevist om i de nævnte stater, som dermed ville blive

stillet overfor et valg: Enten fulgte de frihedens spilleregler, eller
også måtte de forberede sig på at dø. Kampen for frihed krævede
naturligvis ofre, men alt dette var for intet at regne imod den begi-
venhed, som stod i centrum for det hele. Den, som alle skulle tro,
og som kun mennesker med foragt for livet turde benægte: Arma-
geddon.